Betty Steinberg

E Madureira *Quase* Chorou

1ª edição, São Paulo

Copyright © 2023 by Betty Steinberg

Todos os direitos reservados.

Título original
E Madureira quase chorou

Capa Marcelo Girard
Revisão de texto Vania Cavalcanti
Editoração S2 Books

Imagem de capa: Rosane Hirszman

E Madureira quase chorou é um texto ficcional, escrito em forma de romance, a partir de fatos verídicos e verificáveis, ocorridos durante e após a II Grande Guerra Mundial.

Direitos exclusivos de publicação somente para o Brasil adquiridos pela AzuCo Publicações.
azuco@azuco.com.br
www.azuco.com.br

Dados Internacionais de Catalogação na Publicação (CIP)
(Câmara Brasileira do Livro, SP, Brasil)

Steinberg, Betty
 E Madureira quase chorou / Betty Steinberg. -- São Paulo : AzuCo Publicações, 2023.

 ISBN 978-65-85057-21-9

 1. Holocausto 2. Romance histórico brasileiro 3. Segunda Guerra Mundial I. Título.

23-167976   CDD-B869.3

Índices para catálogo sistemático:
1. Romances : Literatura brasileira B869.3
Eliane de Freitas Leite - Bibliotecária - CRB 8/8415

Para Marml, Leibl, Bentzion e Mandja.

Era ainda jovem demais para saber que a memória do coração elimina as más lembranças e enaltece as boas, e que graças a esse artifício conseguimos suportar o passado.

Gabriel Garcia Marquez, em *O amor nos tempos do cólera*

Sumário

Prólogo

1993 – Festa de casamento 9

1 - Szydlowiec 13

2 - 1931 – Os veteranos do Bund 19

3 - 1932 a 1934 – Bentzion, Leibl e Marml 23

4 - 1935 – Varsóvia 35

5 - 1936 – Início do adeus 55

6 - 1937 – Rio de Janeiro – Os primeiros tempos 77

7 - 1938 – A morte de vovó Esther 85

8 - 1939 – Os ventos da guerra 95

9 - 1941 – Marml em Skarzysko 105

10 - 1942 – Chilovtse deixou de existir 115

11 - 1942 a 1944 – Hasag 131

12 - 1943 – "Seu Bensamin" 137

13 - 1944 – Mandja 143

14 - 1945 – Em busca do reencontro 157

15 - 1946 – Rumo a Paris 169

16 - 1947 – Das cinzas e do sabão, o Fênix 181

17 - 1948 – Gritos, sussurros e cantos do passado 187

18 - 1951-1952 – A vida em Paris e no Rio de Janeiro 195

19 - 1953 a 1955 – Antigos laços 201

20 - 1956 – A família Silberman no Rio de Janeiro 211

21 - 1957 – Tsures 227

22 - 1961 – Um domingo de abril 231

23 - 1963 – Madureira 237

24 - 1963 – De volta à França 251

25 - 1963-1993 – Separados, porém misturados 257

26 - 1993 – Reconciliação 265

Epílogo 271

Post Scriptum 275

Personangens 281

Glossário 283

irmãos exigiam. Chegou portando cada peça em cabides separados, que distribuía nos diversos ganchos ornamentados em linha numa das paredes. O oficial já saía de trás do biombo e subia no pequeno palco rodeado por 180 graus de espelhos pivotantes.

O que se seguiu não diferia, em nada, das comédias encenadas pelo grupo teatral organizado por seu tio, enquanto líder do Bund. Os irmãos, que pareciam ser no máximo 8 a 10 anos mais velhos do que ele, elegantemente vestidos e sem os respectivos guarda-pós com monogramas, andavam em sentido contrário, subindo e descendo como num carrossel. Até que um subiu o degrau e, com o nariz quase tocando o do oficial, ajeitou gravata e colarinho, enquanto o outro, sem a menor cerimônia, lhe abria a braguilha para ajeitar a camisa ou o apalpava entre as pernas e na genitália, avaliando a folga necessária para os diversos movimentos.

Quando tudo, a seu ver, estava perfeito, eles começaram a gritar um com o outro "Não percebeu que a ombreira estava mal estruturada?" ou questionar a altura que o outro considerava correta... e, num piscar de olhos, para o horror do aprendiz, com a tesoura pontuda sacada do bolso, desmembraram as mangas do paletó. Pensou em fugir, mas teve a sensatez de se calar e não perguntar como pretendiam que tudo ficasse pronto para dali a 2 dias como prometido, enquanto tantos outros clientes esperavam provas e entregas.

e recolhera as roupas congeladas do varal. Ele seria bem mais útil trazendo *zlotys* para Szydlowiec.

Marml voltou às rotinas caseiras junto à mãe, aos estudos com o pai e às rondas casuais nas cercanias das casas de Bajla, Esther e Fete Yuma. No decorrer delas, deu-se conta de que Bentzion, de todos naquela família, era o que estava em maior desvantagem. Finalmente, percebeu a diferença do conforto que tinha em sua casa e a situação de quase penúria em que ele vivia, mas também, para sua surpresa, ficou feliz de que ele não estivesse ali, e sim na capital, construindo um futuro no qual ela contava estar incluída. Talvez tenha se apaixonado uma segunda vez pela mesma pessoa, e não era somente por conta dos cabelos ondulados, do nariz afilado ou de seu porte altivo.

Enquanto isso, em Varsóvia, como esperado, a engrenagem voltava a funcionar com as provas finais, as entregas e, além disso, a sugestão de que fosse assistir aos desfiles militares, quando muitas das fardas dos oficiais mais graduados seriam exibidas em camarotes especiais ou em destaques. Se antes os manequins não tinham rostos, agora passavam a ter, à medida que ele conferia as provas de fardas e sobretudos.

Bentzion não sabia o que esperar quando foi chamado para acompanhar a primeira prova de um terno na sala da entrada, onde não faltariam lustres e abajures se a luz natural não fosse suficiente para suprir o que os olhos dos

Betty Steinberg

*

A mal-humorada e eficiente zeladora do edifício não teve problema em aceitar o pedido para que abrisse o portão e a porta do ateliê ao reconhecer Bentzion. Ele, temeroso do estado em que encontraria a sala de trabalho, resolvera voltar a Varsóvia um dia antes do início da maratona de entregas que antecediam o desfile militar celebrando a Promulgação da Constituição de 1791 e o início do verão. Porém, verdade seja dita, isso era parte da razão. Os "magos da tesoura" só reiniciariam a confecção das novas encomendas depois das Páscoas judaica e cristã.

Quando ainda criança ou no iniciozinho da adolescência, a segurança que sentia ao adormecer do lado da avó compensava a falta de privacidade que esse arranjo oferecia. Mas o prazer da experiência de seguir agora seu próprio rumo revelou-se um caminho sem volta. E a grande surpresa desse retorno foi o quanto o cheiro dos tecidos o fazia sentir-se bem. Já podia reconhecer não só se a origem do linho era belga ou italiana, como também se aquela lã, tão levinha, era proveniente dos teares ingleses.

O frio já não era tão intenso e as tarefas caseiras ficariam menos penosas para sua avó. Não precisava se preocupar com esse aspecto de sua ausência. Antes da primeira partida, procurou e tapou todos os buracos entre as tábuas das paredes, trouxera lenha suficiente para dentro da casa

E Madureira quase chorou

do Bund. Vovó Esther e Bajla disputavam, com Marml e Leibl, o tempo disponível para estarem junto de Bentzion.

Quantas vezes ele poderia contar que, ao falar pela primeira vez a um telefone, perguntou se poderia conversar em iídiche? Essa talvez fosse a novidade que mais provocava curiosidade. Precisou explicar que até aquele momento não participara da confecção das roupas e que seu trabalho era passar a ferro as peças, fazer as entregas, organizar as prateleiras personalizadas ao fim do dia e estar sempre alerta para as ordens curtas requisitando tesoura, giz, linha branca, forro, mas quando voltasse, depois dos feriados, estaria presente durante as provas das peças encomendadas.

Mais do que saber das belezas de Varsóvia, Marml queria ouvir sobre ser independente e o que havia acontecido para que se tornasse tão diferente em menos de 4 meses! Bentzion, por sua vez, tinha toda a confiança de que ela, mesmo com 13 anos de idade, entenderia a ruptura entre o adolescente que partiu e o homem que voltou. Esse companheirismo era o que mais queria reencontrar em sua vinda, mas se não era Guítale a mando dos pais, era seu amigo Leibl, com algum assunto urgente do Bund, que frustrava toda oportunidade. Talvez conseguisse durante a semana livre que teria no verão, quando os patrões estivessem entre Paris e Milão fazendo as compras de tecidos e observando as tendências da moda.

vesse *kasha* a ser entregue. Ele que alongasse as rotas que porventura tivesse de fazer. Ela, por sua vez, não perdia uma oportunidade de ir ao mercado mais distante quando encarregada das compras; quem sabe encontraria a mãe, a avó, ou até mesmo um dos meios-irmãos de Bentzion, já que cartas eram muito poucas.

Se os meses entre a chegada à capital e a Páscoa foram de atividade febril no ateliê e passaram como uma rajada de vento, já dentro do trem, não chegava suficientemente rápida a hora de rever a família, Marml, os amigos e os companheiros do Bund. Seus pertences eram as duas caixas de *matzá* que trazia de presente para a avó e a mãe. Para Marml, levava cartões-postais comprados na estação.

Não deixou de ser chocante, para ele, quando finalmente chegou a Szydlowiec, notar quão acanhada era aquela parada do trem.

Foi também um choque, para Marml, ver que Bentzion parecia mais alto alguns centímetros, o paletó caindo de forma diferente, e não ter dúvida alguma de que jamais o vira antes com uma gravata no pescoço. Tudo isso ela notou quando finalmente puderam se ver por alguns momentos antes de se recolherem para o *Seder* com suas respectivas famílias.

Os oito dias da Páscoa não foram suficientes para reencontrar todos os tios e primos ou os antigos companheiros

Foi sumariamente dirigido ao espaço de trabalho. Olhou em torno e teve o primeiro episódio de pânico desde que saíra de casa naquela manhã; ao procurar alguma superfície livre de quaisquer materiais de costura onde pudesse sentar-se, não achou, e, como não queria tocar em nada, é claro, nem sequer tirou o sobretudo, caso tivesse que voltar à estação. O que poderia aprender ali? Como ele poderia ajudar? Não conseguiu entender como, em tamanha desordem, os chamados "milagres" da tesoura pudessem ser produzidos. Ainda estava com as mãos no bolso do casaco e mais perguntas aflorando à mente, quando os irmãos voltaram do ambiente das provas, não vestiram os aventais pendurados no cabideiro e, entregando a Bentzion o incipiente paletó com a ordem de colocá-lo no manequim 44, um deles perguntou: "Como é mesmo seu nome?"

Aquele tinha sido o último cliente do dia, eles já se retiravam e, se não tivesse onde pernoitar, que ficasse à vontade; "ali no canto está o banheiro".

Não só naquela noite, mas por quase 2 anos, a enorme mesa de trabalho foi a cama de Bentzion, e a almofada de passar ombreiras, o seu travesseiro.

*

As novidades que chegavam de Varsóvia eram partilhadas tão logo recebidas. Leibl, incentivado por Marml, fazia visitas frequentes a Esther e Bajla, ainda que não hou-

Diferentemente do *shtetl*, as ruas eram organizadas com nomes, e chegar ao destino foi bastante fácil. Agradecia com sinceridade pelas informações que recebia ao mostrar a caderneta com o endereço de destino, mas preferia caminhar com sua maleta, mesmo quando sugeriam o uso do transporte coletivo.

Logo entendeu as sucessivas sugestões de usar o transporte público. O tradicional bairro judaico era, sem dúvida, um tanto distante, e o pensamento lhe provocou um sorriso interno: havia mais de 30% de chance de que as informações do trajeto tivessem sido dadas por outro judeu, ainda que as pessoas não estivessem vestidas à moda chassídica.

Sabia que em Varsóvia, no meio de mais de 300 mil almas, encontraria judeus de todas as classes sociais e econômicas. Sem se dar conta, tocou no peito sentindo o volume da caderneta de endereços ao pensar na sede do Bund e do Sindicato dos Alfaiates. Tinha a informação de que, além dos assuntos de militâncias, ofereciam palestras de renomados autores e a chance de frequentar vastíssimas bibliotecas.

Com o coração mergulhado numa mistura de intimidação e infinitas possibilidades, chegou ao endereço de destino quando os "magos da tesoura" faziam uma prova na sala contígua ao vestíbulo, no térreo de um edifício por cujo portão uma carruagem poderia tranquilamente passar.

E Madureira quase chorou

*

A multidão não deixou que Bentzion percebesse o tamanho, a beleza e a grandiosidade da estação de Varsóvia. O jovem queria chegar rapidamente ao destino, pois preferia se apresentar no ateliê ainda com o dia claro. Seus patrões eram dois irmãos, Natan e David, conhecidos pelo talento e bom gosto, cuja clientela ia muito além da parcela rica da comunidade judaica local. Não era raro profissionais liberais e militares, inclusive de cidades vizinhas, virem à capital encomendar aos dois irmãos o guarda-roupa para viagens de negócios ou para a troca de estações. *Fete* Yuma fora alertado por um deles de que os "magos da tesoura" procuravam por um ajudante, e era imperdível, mesmo sem um salário fixo, a oportunidade de aprendizado com aqueles que faziam os baixos virarem altos, os gordos se tornarem esbeltos, ou os mutilados de guerra terem como desapercebida a ausência de uma perna, quando vestidos por eles.

Ainda não seria naquele dia, tampouco nas primeiras semanas, que Bentzion notaria os lindos postes de iluminação, o calçamento das ruas, os bondes elétricos, os altos edifícios, as residências de cinco andares, os quiosques com notícias atualizadas e as programações correntes dos teatros e das salas de concerto. Naturalmente, nunca estivera em Paris, mas a partir de então não duvidava de que Varsóvia fosse a Paris do Leste Europeu.

Betty Steinberg

O silêncio só se desfez à porta dos Silberman, com a breve despedida de "até sábado".

Já não sabia se estaria muito interessada nas reuniões do Bund durante a ausência de Bentzion. Tomou o caminho inverso da casa, ainda que estivesse com um pouco de frio. Queria andar e andar, poder recordar e sonhar sem interferência de tagarelices ou das inevitáveis zombarias do irmão, que sem dúvida viriam ao vê-la acabrunhada pela partida do namorado. Caminhava devagar pelos mesmos caminhos e atalhos que tomavam em seus passeios para poder estar de mãos dadas longe de olhos curiosos. A fina dorzinha não era de todo desagradável, pois confirmava já ser ela uma mulher à espera do seu *beshert*.

Passou pelo castelo, os cemitérios, a igreja principal, evitou a grande sinagoga – por saber que seu pai decerto estaria ali – e o mercado, onde sua mãe, àquela hora do dia, com certeza estava discutindo com o açougueiro a qualidade e o preço da carne. Ao avistar a casa, agora vazia, da irmã de Bajla que emigrara para o Brasil, e onde fizera algumas visitas na companhia de Bentzion, descobriu assustada a mágica de estar perto de qualquer pessoa, de qualquer lugar ou mesmo de um objeto com alguma conexão com Bentzion. Ele se tornava presente e Marml poderia até afirmar que falava com ela. Claro que iria às reuniões do Bund! E riu quieta para si.

nhada na prateleira de metal. Também com frequência, mas discretamente, apalpava a barriga para ter certeza de que os *zlotys* continuavam lá.

Já no trem, tentou lembrar-se das narrativas dos tios em suas idas e vindas, mas nada o preparou para a sucessão de tipos e diferentes paisagens. À medida que se aproximava da última parada, a multiplicação de chaminés indicava o que em seu imaginário era sinal de progresso, embora não mais se ouvisse, havia algum tempo, que "onde houver chaminé, há trabalho».

Enquanto isso, Marml e Leibl, lado a lado, caminhavam em silêncio, e Hint precisou ser entretido com paus jogados à distância e trazidos como oferendas aos pés do dono. Estava inquieto como se pudesse ler o coração de Leibl, que apressava o passo por ter tarefas a cumprir junto à mãe. Até aquele instante não pensara no seu dia a dia sem o grande amigo, mas deixaria para organizar as ideias na calada da noite.

Para Marml, o silêncio era uma necessidade urgente. Ainda não iria para casa, onde também tinha várias tarefas e precisaria conversar com a mãe e a irmã. Cumpriria suas obrigações mais tarde. Ressentia-se por Bentzion não lhe ter segurado as mãos antes da partida ou, quem sabe, de nem mesmo lhe roubar um beijo. A presença da mãe, da avó e dos amigos fez a ocasião se tornar mais formal do que gostaria e imaginava que Bentzion sentisse o mesmo.

que só conhecia por leitura, fotos e relatos de familiares, mas que fisicamente estava somente a poucas horas de distância. Entre o primeiro solavanco na partida do comboio e os últimos acenos de Bajla e Esther, sentiu um arrepio pelo corpo como se tivesse sido empurrado ladeira abaixo, sabendo que, quando chegasse ao seu destino, estaria só como nunca estivera. Quase em choque, deu-se conta de que sempre tivera uma família zelando por ele, incluindo a oportunidade de ter uma profissão. Por alguns instantes, desejou que a viagem fosse um pouco mais longa.

O ano anterior fora especialmente bom por ter Marml ao seu lado. Sem dúvida, era a sua maior fã durante os torneios promovidos pelo Bund com as cidades vizinhas, ouvia com atenção os relatos de suas panfletagens; e segurar suas mãos durante os passeios o fazia se sentir importante. Sabia que outros rapazes e moças dormiam debaixo das mesmas cobertas durante os acampamentos, mas para Marml e ele isso estava fora de cogitação.

Lembrou-se de Luzeh, que, junto a Leibl, se tornara um grande amigo e, caso não estivesse enganado, começaria também o aprendizado em alfaiataria na capital. Precisava descobrir onde, mas isso teria de esperar até abril, quando viria a Szydlowiec para a Páscoa.

O banco de madeira, ainda que duro, não era de todo desconfortável. Com frequência, Bentzion olhava para o alto, certificando-se de que sua bagagem continuava ani-

4

1935 – Varsóvia

Bentzion, Esther e Bajla foram levados pelo *balegole* até Radom, já que esse seria o seu destino habitual daquele dia da semana. Chegaram com bastante antecedência para a partida do meio-dia rumo a Varsóvia. A avó e a mãe queriam desfrutar a privacidade dos últimos instantes com Bentzion, e mal disfarçavam a gratidão aos amigos e à namorada por terem se despedido em Szydlowiec. Assim, poderiam reler os endereços importantes na caderneta comprada especialmente para a ocasião, conferir se a mirrada quantia que o rapaz levava continuava guardada em segurança na sacolinha costurada no lado de dentro das calças, lembrar-lhe de não falar iídiche com estranhos e, é claro, que não se esquecesse de mandar notícias assim que chegasse.

Com as demais refeições do dia num pequeno embrulho e as poucas mudas de roupa na maleta, ele embarcou sem sonhos para um mundo de 1 milhão e 300 mil pessoas,

Bentzion, diferentemente de Leibl, Marml e alguns dos outros jovens, não tinha parentes em cidadezinhas próximas, daí hospedar-se na casa de Luzeh Rojtman. Ele, assim como Leibl, era um pouco mais novo; no entanto, isso jamais foi empecilho para mais uma sólida e longa amizade. Marml, excursão após excursão, enfrentava a oposição dos pais, sempre sob a alegação de que uma moça de 13 anos de boa família não devia fazer parte daquele grupo de pessoas, muito menos dormir fora de casa. Sheindl foi praticamente obrigada a contatar as primas, uma após a outra, para que recebessem a filha naquelas ocasiões. Leibl, Hint e Yankl, graças aos antigos clientes do falecido pai, não precisavam se preocupar com um local para pernoitarem.

Foi numa dessas longas caminhadas, ainda cedo na primavera, que Marml, por fim, pôde se aproximar dos dois amigos; e, como não poderia deixar de ser, Hint foi o catalisador de um encontro que lhe parecia planejado havia uma eternidade.

Como era de se esperar, o dono do cachorro pôde rapidamente se apresentar e ao amigo.

ponsável as autoridades não tiveram como descobrir, os feridos foram levados de volta para o lugar de onde vieram e não se falou mais no assunto.

Já Bentzion, sem uma atividade específica depois da escola primária da comunidade, mas oriundo de uma família de ativistas do Bund, se tornara um atuante membro do Partido e destacou-se por ocasião do lançamento de uma revista trimestral, vendida principalmente por meio de assinaturas. Mas já havia algum tempo, sua avó vinha insistindo que algum dos tios do menino tomasse a iniciativa de dar uma profissão àquele neto: "Estou farta de vê-lo fazendo panfletagem ou como dependente de favores da família. Se necessário, que vá para Varsóvia, pois já tem 16 anos" — repetia ela.

Os monitores veteranos, sem uma atividade econômica definida na comunidade, recebiam instruções de defesa pessoal para alguma eventualidade durante os acampamentos e passeios, quando adolescentes estariam sob a sua guarda. Eram os chamados *tsukunft sturm*, ou seja, os que protegiam a ala jovem do Bund.

Mal a neve começava a derreter e o cheiro dos detritos deixados pelos cavalos nas ruas se fazia sentir, era hora de procurar o ar puro de Sodek, promover os torneios e competições com os vizinhos de Przysucha e, sempre que possível, pernoitar lá e cá contando com a hospitalidade dos pais para receber os amigos dos filhos.

via e da Cracóvia para serem devorados pelos mais velhos, inquietos sobre os rumos do velho continente.

Muito poucos seriam aceitos para servir no Exército ou para serviços públicos, ainda que a legislação vigente já indicasse outra postura com as minorias. Numa época em que a proletarização do *shtetl* parecia ser a solução para sua pobreza, não tendo a quem vender as mercadorias produzidas, em muito pouco mudou o dia a dia da maioria de seus habitantes. Os lindos campos semeados nas cercanias, por certo, não empregariam mão de obra essencialmente urbana.

O sustento de Leibl e de sua família vinha da venda da *kasha*, muito popular no Leste Europeu, produzida por sua mãe, desde que a pequena manufatura de calçados, com a morte de seu pai, precisou ser fechada. Esther, com os filhos ainda pequenos, encontrou uma atividade para sustentar a família. A *kasha* era o último item que as famílias continuavam comprando. Seus rapazes faziam as entregas na vizinhança e Hint os protegia contra as gangues que atormentavam as populações judaicas em geral.

O perímetro judaico da cidadezinha teve paz por alguns anos, graças ao alerta de amigos de outros vilarejos. Um grupo de monitores, conhecidos por suas estaturas e pela destreza com porretes e cassetetes, preparou a defesa da população para um iminente *pogrom*, que de fato aconteceu. Houve uma morte entre os invasores, cujo res-

nham mais do que dois cômodos. Eram os fornos à lenha que indicavam onde as famílias passariam a maior parte do tempo quando estivessem em casa. Geralmente, o seu centro de gravidade era em torno da simples mesa de madeira – lugar das modestas refeições do dia a dia.

O armário fechado à chave, com vidro transparente nas duas portas, guardava os únicos bens daquelas famílias: os utensílios do *Shabat* – os castiçais, a toalha branca da mesa, o pano que cobriria a chalá e o cálice do vinho –; e os da Páscoa – o cálice do Profeta Elias e o pano que cobriria a *Matzá*, pão ázimo, sem fermento, com os três compartimentos, para que os passos do ritual fossem seguidos. Todo esse aparato não dependia do nível de observância religiosa das famílias.

De resto, as paredes sustentavam retratos de familiares ou algum desenho com a iconografia de Jerusalém, fossem os habitantes sionistas ou não. Sem dúvida, bastante diferente das residências de muitos judeus das grandes capitais europeias.

Em algumas casas, havia um tabuleiro de xadrez que, naturalmente, se tornava o objeto de demanda do grupo presente naquele dia. Em outras, era um violino esperando por alguém que soubesse tocar. Os adultos ou responsáveis que trabalhavam fora da cidade, cada vez mais numerosos devido ao desemprego crescente, traziam jornais de Varsó-

excepcional, só lhe restando adverti-la de que, ao que quer que se afiliasse, o *Shabat* não poderia ser violado e que ao menos ela esperasse a próxima primavera para participar dos encontros.

Marml inteligentemente aceitou, com falsa contrariedade.

*

1934. Para Marml, cada ida aos serviços religiosos do sábado, observar ao longe o ruivo do coral, inseparável do cão e seu amigo loirinho, fazia daquele o mais longo dos invernos. Naquelas horas, pensava ter feito uma má barganha com o pai.

Os meses de frio intenso eram penosos para aqueles jovens: as poucas horas de luz natural levavam para dentro das casas as reduzidas atividades, as intermináveis discussões políticas, ou leituras das poesias de autores como Pablo Neruda. As moças e os rapazes daquele capítulo do Bund, em sua maioria, já não frequentavam os educandários, o que tirava deles as vantagens de uma rotina rígida em que pudessem canalizar suas energias, quer fosse nos livros de estudo e deveres de casa, quer fosse nos esportes organizados em áreas protegidas do frio.

As casas onde as reuniões itinerantes do Partido se realizavam, assim como a maioria das casas do *shtetl*, não tito. Ela já havia feito algumas visitas aos Broman, com óbvias intenções.

Alheia às risadas de Guítale, aos protestos de Zalman e aos suspiros de Herschel, Marml se preparava para contrariar seu pai após a tradicional e festiva refeição do almoço do *Shabat*. Contava que o delicioso *cholent*, preparado no dia anterior pela mãe, amainasse a tempestade que ela estava prestes a desencadear.

Não teriam passado mais do que poucos segundos após ouvir de um membro do coral na saída do ofício religioso: Leibl, *di Roiter*, está correndo para a reunião do Bund, ao encontro de Bentzion. Naquele momento ela tomou a decisão de que não se juntaria ao movimento juvenil Mizrahi, como seria esperado de uma adolescente oriunda de família praticante. Não sabia muito bem quais os propósitos do Bund, além dos comentários de seu pai de que se tratava de um bando de agitadores de massas com pouco respeito à *Torá*. Dos seus 12 anos de vida, ao menos naqueles de que se lembrava, sua ocupação fora a escola primária, alguns anos no ginásio, estudar junto ao pai as leis e aprender com a mãe a ser uma excepcional dona de casa.

Aquela seria a primeira e a última vez em que precisou enfrentar os desígnios do pai. Ele mesmo lhe ensinara a participar de discussões com o uso de argumentos em que ambas as partes eram ouvidas e rebatidas. Por fim, vencido nos argumentos, admitiu que a filha fora uma aluna

lho que sua mãe teria considerado coisa do mal. Imediatamente um enorme cão atravessou com alegria a rua vindo esperar sem muita paciência por um carinho daquele que certamente era seu dono. Ganhou o que queria, mas não por muito tempo; outro jovem, igualmente desconhecido, veio ao seu encontro.

Os momentos seguintes passaram sem que Marml se desse conta, até ser sacudida pela voz de sua mãe, já em tom de irritação: "Você está me ouvindo, minha filha?". Os meninos e o cão já não mais podiam ser vistos.

O caminho de volta à casa, já em companhia dos irmãos e pais, foi de pouco silêncio: Sheindl e Herschel comentavam as festividades dos dias anteriores, lembrando que, tão logo o *Shabat* terminasse, seria necessário desmontar a *sucá* – "E não esqueça de deixar a lona secar antes de guardá-la no sótão" – dizia a mãe.

O frio tornava-se mais e mais intenso a cada dia que passava, e qualquer atividade no quintal ficava cada vez menos atraente. No mais, a conversa no caminho de volta para casa não variava: sempre girava em torno da qualidade do sermão proferido pelo rabino, sobre o qual o pobre Herschel mais uma vez teria que fingir total concordância com a opinião da mulher. Guítale implicando com Zalman sobre a sua idade e a premência do pai em achar uma noiva antes que Zelda, *di shadchente*, se metesse no assun-

E Madureira quase chorou

Foi quando um chumaço de cabelos vermelhos chamou sua atenção. Podia jurar que ouvia a sua voz separadamente. Aos poucos olhou o rosto, mas não o reconheceu de lugar algum. Os demais integrantes eram familiares, quer fosse por serem amigos de seu irmão, quer por ajudarem os seus pais nas vendas de diferentes produtos durante as feiras semanais e no armazém. Seria dali mesmo do quintal da sinagoga? Não, não o reconhecia.

O serviço religioso matutino ia terminando, o coro já entoava com entusiasmo os últimos acordes do *Soberano do Universo* e a bênção final não tardaria. O pai de Marml era um *Cohen*, que, pela tradição, era descendente dos sacerdotes-*Cohanim*, e caberia a ele, posicionando suas mãos como se estivessem sobre alguém imaginário, oferecer a bênção final para todos.

Queria muito saber em que direção o menino ruivo rumaria e só havia uma desculpa capaz de conseguir a autorização para sair dali naquele momento e vigiar o portão. Então falou com sua mãe: "*Mame*, preciso ir à casinha sem demora".

Com a vantagem de alguns minutos, pôde escolher um canto de onde observar, sem ser vista, o movimento de saída dos membros da congregação.

Como já imaginara, o alvo de sua curiosidade foi o primeiro a sair. Vinha com óbvia pressa. Parou já fora do portão, colocou dois dedos na boca e fez tamanho baru-

Betty Steinberg

Quando soube que não teria a cerimônia festiva da maioridade religiosa, como teve o seu irmão, ao completar 13 anos, Marml ficou inconformada. Não subiria ao púlpito para ler a história do seu povo diretamente da *Torá*, portanto não receberia a chuva de balas quando terminasse o trecho dedicado àquele sábado. É verdade que ganhara roupas e sapatos novos e estava extremamente consciente de que usava pela primeira vez um sutiã. Ficou na dúvida se era o sutiã, seus 12 anos ou a tradição o que a obrigava a sentar-se junto à mãe. O ideal seria perguntar, só não sabia como ou quando. Algumas das meninas do *shtibl* já haviam alertado sobre um sangramento mensal que ocorreria a qualquer instante, o que a obrigaria a pedir ajuda à mãe. Isso, sim, a apavorava; ficaria mortificada quando o assunto tivesse de ser abordado.

Entre uma prece, um devaneio, outra prece e as fantasias, percebeu que naquele dia um coral participava do rito. Ou estivera sempre lá e, por estar brincando, nunca o percebera? Tentou lembrar-se da última vez em que esteve dentro do santuário. Fora por ocasião do Ano Novo, quando toda a criançada, adolescentes e todo judeu eram chamados para ouvir o soar do *shofar* – instrumento musical feito com um chifre oco de animal *kosher*. Eletrizantes aqueles instantes. Para ela era mágico ver o instrumento produzir sons e ritmos tal qual uma trombeta dando um alerta. Sabia que era uma chamada à reflexão sobre o ano que se iniciava. Sim, mas e o coral?

se tornaria uma aliança na campanha para que Hint fosse admitido na casa.

Apresentaram-se com a informalidade própria dos adolescentes, mas Leibl insistia em não só saber se estavam indo ao mesmo evento, como também queria ter certeza de que o seu novo amigo saberia chegar ao local correto indicado pelo irmão. Talvez outro jovem perdesse a paciência com a repetição das perguntas, mas Bentzion, com a sua característica bonomia, sorriu, ajeitou o quepe desalojado pelos carinhos de Hint, e disse: "Hoje a reunião será na casa do irmão da minha mãe, o *Fete* Yuma".

*

1933. A família Broman se preparava para a caminhada até a sinagoga, e, nesse dia, Marml não brincaria com sua irmã Guítale e as outras meninas fora do santuário. A partir desse dia, ficaria sentada ao lado da mãe, seguindo as preces em hebraico que aprendera no *shtibl* ou junto ao seu pai enquanto este estudava. Aceitava, ainda que irritada, ter de subir ao mezanino separada do pai, do irmão e dos outros homens da congregação. Estava além dos seus 12 anos entender que ela e as demais mulheres seriam consideradas uma distração às orações, quando, em verdade, conhecia os textos, que eram lidos, bem melhor do que muitos ali presentes.

ao grupo não diminuíra. Estava pronto a aprender como participar da política no mundo dos adultos trabalhadores.

Andava, cantarolava e ia pensando nos outros benefícios que o grupo proporcionava, nas produções de teatro elaboradas pelos mais velhos, e não via a hora de participar dos acampamentos. Agora sua mãe não teria mais desculpas para proibir as idas a Sodek, a floresta. Leibl se deu conta de que não tinha um relógio, mas pressentia que se não apertasse o ritmo da caminhada se atrasaria.

Tinha poucas dúvidas de que seguia na direção correta, mas queria ter certeza de que não estava longe do destino. Logo adiante, vindo em direção oposta, mas prestes a virar na mesma viela, outro jovem, um pouco mais velho, aparentava saber exatamente para onde deveria ir. Leibl estava prestes a perguntar para Bentzion se estaria na direção correta, mas Bentzion não o via. Sua atenção era para Hint. Só queria falar e acariciar o enorme berger alemão.

Não era uma reação comum. Numa localidade de poucos cães e que, de alguma forma, não eram bem-vindos devido a preceitos religiosos, a maioria das pessoas mostrava-se temerosa de se aproximar desses animais. Naquele momento não teve dúvidas de que poderia se tornar amigo do menino dos olhos azuis e cabelos claros. O que ainda desconhecia era que mais do que uma grande e importante amizade estava nascendo e que dali a instantes

3
1932 a 1934 – Bentzion, Leibl e Marml

A paixão de Leibl, e companhia constante, era seu cão. Fora-lhe dado de presente numa época de mais conforto e, como não poderia deixar de ser, ele o acompanharia na sua primeira visita ao Partido. Não que necessitasse da proteção de Hint, os valentões que tentaram tirar vantagem de seu aspecto franzino se arrependeram e não ousaram uma segunda vez.

Seu irmão mais velho, Yankl, saíra de casa ainda no escuro e deixara escrito onde seria o encontro daquele sábado. Teria de pedir informações; não ficara claro em que rua dobrar quando estivesse em frente ao castelo. Sabia que, a cada reunião, havia rodízio de anfitriões. Ouvira a história de que o Partido teria sido a favor dos mencheviques e que fora extinto na Rússia quando estes foram derrotados pelos bolcheviques. Com isso, foram-se os fundos do aluguel para uma sede própria. Seu entusiasmo em juntar-se

Neste sábado, os novos membros seriam apresentados, assim como no ano anterior, quando ele chegou pela primeira vez a uma daquelas reuniões. Agora seria ele a dar as boas-vindas e dividir a sua própria e recente experiência de novato na política.

Quando foi apresentado ao grupo, no ano anterior, coube a Yankl (Jacob) Silberman essa mesma função. Entre os adolescentes chegando no dia seguinte para a sua primeira reunião, estaria Leibl, irmão de Yankl.

A escolha de Bentzion por Yankl para aquele importante papel nas festividades não tinha sido fortuita. Sabia que Bentzion era tímido, doce até, de fala mansa e ao mesmo tempo, – ou principalmente por isso, – muito querido por todos. Ele precisaria de encorajamento e, bem orientado, daria conta do encargo.

Yankl era um líder nato, ainda que muito jovem e, como tal, sua capacidade de empatia tinha sido até então seu maior trunfo. Entendeu que Bentzion e seu irmão eram figuras vulneráveis: órfãos e pobres. Um jamais conhecera o pai; e o outro, com seus 7 anos de vida, não percebera a magnitude da perda quando esta ocorreu. O tempo se encarregou de fazê-lo entender.

com muita alegria a presença permanente em sua casa daquele neto tão querido.

Para Bentzion, fora um grande alívio deixar a casa da mãe, agora já casada numa segunda união e com quatro outros filhos. Bajla sabia que o filho tinha respeito (mas não amor) pelo padrasto e até mesmo carinho pelos meios-irmãos, porém entendeu a preferência pela casa da avó, onde a atenção e o parco espaço não precisavam ser divididos. Ela cuidava para que nada importante faltasse ao menino, nem que para isso tivesse de pedir ou impor aos outros filhos, que estavam em melhores condições financeiras.

Logo que a avó terminou as bênçãos tradicionais das velas, da *chalá* e do vinho, que anunciavam a chegada do dia do descanso e estudos, Bentzion correu para a reunião do Partido. Sentia-se importante e seguro ali. Caso ainda estivesse com um pouco de fome não se importava; algum belisco seria trazido e dividido entre os presentes. Essa era a regra. O planejamento junto aos monitores para as atividades do dia seguinte é que sempre o deixava mais entusiasmado. Torcia sempre para que houvesse campeonato de pingue-pongue, em que era imbatível. Mas antes teria de ouvir sobre a situação dos trabalhadores nas pequenas indústrias, suas dificuldades e qual seria o curso das ações a serem tomadas.

2
1931 – Os veteranos do Bund

Já fazia 1 ano que sua vida tomara um novo rumo. Bem verdade que não tivera um *Bar-Mitzvá* com a difícil e temida leitura da *Torá* e suas cantilenações, como alguns de seus conhecidos da escola e da rua. Tampouco houve festejos pelos seus 13 anos, mas não se importava. Bentzion não acreditava em nada do que o faziam ler no *shtibl*.

Ficou muito feliz com as botas que ganhara de presente de um dos tios, e que até começavam a apertar um pouco, mas o couro e a sola, ainda em perfeito estado, teriam de durar pelo menos até o fim daquele inverno.

Seus dias agora faziam mais sentido e o *Shabes*, dia mais sagrado da semana – não era somente para acompanhar a avó à sinagoga, onde preferiria não estar.

Vovó Esther, assim como tantas e tantas outras mulheres da cidade, ficou viúva numa idade que não oferecia muita chance de segundas núpcias. Isso já fazia algum tempo e, como não tinha mais filhos solteiros, recebeu

O denominador comum, o facilitador das ferozes brigas de cunho político, mas também da aproximação de toda aquela gente, é que ela tinha como seu primeiro idioma o *iídiche*.

E Madureira quase chorou

Ieshivá fundada por um rabino de grande estima nos meios chassídicos. Muitos dali viriam a se tornar rabinos; outros, professores. Não havia escola pública para a população em geral; como ler e escrever é mandatório na tradição e na lei judaicas, a alfabetização era feita no *cheder* ou *shtibl*.

Mas foi no convívio dentro da União Geral dos Trabalhadores Judeus (Bund) que Marml (Miriam), Leibl (Leon) e Bentzion (Benjamin), os nossos principais personagens, vieram um dia a se encontrar. Um encontro de certa forma improvável, já que Marml era de família numerosa, religiosa e de algum conforto material. Não passava despercebido pelas famílias que o ambiente de orientação secular e socialista do "Partido" era mais permissivo do que seria o costume num *shtetl* em meados dos anos 1930.

Quanto aos rapazes, já alguns anos mais velhos, eles tinham em comum o fato de serem órfãos de pai e, na luta do dia a dia de seus responsáveis, havia muito pouco tempo para conferir se o Dia Sagrado estaria sendo respeitado nas reuniões ou, até mesmo, interesse de saber se meninas estariam participando dos passeios à floresta. Os princípios do Bund prometiam-lhes a redenção do povo judeu referente ao medo constante, à penúria e à pecha de errante por meio da igualdade entre os seres humanos. Viam aí refletido o que a própria tradição bíblica da *Tzedaká* ensinava.

notar o contraste de toda aquela gente empobrecida à riqueza espiritual vinda da prática das tradições populares transmitidas pela Bíblia. Pode-se dizer que a vida política e cultural diversificada era desproporcional ao tamanho da comunidade; havia organizações da esquerda sionista e da direita sionista, chassídicos, ortodoxos e, como não poderia deixar de ser, socialistas e comunistas. De forma geral, naquela multitude de ideias, os conceitos do judeu conservador ou do reformista teria sido incompreensível, muito diferente do ambiente do judaísmo cosmopolita da Europa Ocidental e mesmo daquele de algumas comunidades norte-americanas, onde esses conceitos não se confundem. Hoje seriam todos considerados ortodoxos, quer fossem, quer não fossem praticantes dos preceitos judaicos.

A biblioteca era o orgulho do lugar; nascida numa minúscula sala de visitas, recebia jornais da véspera, lidos por transeuntes durante o domínio austríaco e proibidos, até então, sob o domínio do czar. O tempo e o interesse se encarregaram de expandi-la para algumas salas num edifício público local. Havia também um grupo de teatro e um cinema chamado "Ilusão".

Os que estivessem em melhor posição financeira ou com boas conexões mandariam seus filhos para os "ginásios", muitas vezes fora da cidade, ainda que correndo o risco de que não voltassem a viver em sua cidade natal. Os provenientes de família praticante e que tivessem mostrado talento para as discussões talmúdicas frequentariam a

E Madureira quase chorou

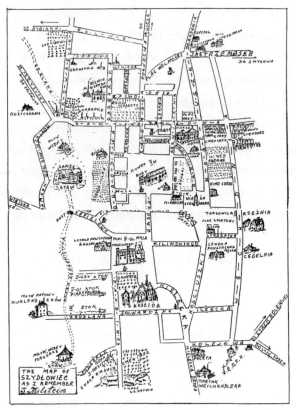

Mapa de Szydlowiecz, desenhado de memória por um sobrevivente.

Diferentemente de outras comunidades, povoados ou *shtetls*, a maioria da sua população era judaica e chegava a 85% do total dos habitantes. As estações do ano e as rotinas diárias eram sentidas não somente pelo ritmo da natureza, como também pelo ciclo dos feriados judaicos. Mas não era só essa população majoritária que tornava interessante um lugar como aquele. Fascinante mesmo era as ruas sem calçamento, a ausência de iluminação pública, ou mesmo as construções, em sua maioria de madeira, desprovidas de encanamento de água ou de esgoto. Sem dúvida, os bosques e prados nas cercanias traziam alívio, conforto e beleza, sobretudo às crianças e adolescentes nos momentos de folga ou feriados.

A presença da população judaica local contava pelo menos 400 anos e era bastante numerosa, em grande medida graças às famílias Szydlowiecki e Radzwill, nobres donos de grandes extensões de terra que alocaram um canto de sua propriedade para que judeus ali se fixassem e fizessem comércio durante as feiras organizadas por eles.

Ao nos referirmos a Szydlowiec, seria mais preciso chamá-la de um *shtetl*, uma pequena cidade judaica proletária. Essa teria sido a única forma de dar trabalho à população local, porque os judeus não podiam exercer cargos públicos, embora o Tratado das Minorias tenha sido ratificado na Constituição de 1921, que prometia a "total e completa proteção da liberdade de todos os habitantes sem distinção de nascimento, nacionalidade, raça ou religião". Szydlowiec abrigava uma robusta indústria de couros e de entalhamento de pedras, além de numerosas pequenas fábricas de calçados, mas com a pobreza e o desemprego grassando em toda a Polônia, naquele período entre as duas guerras mundiais, não havia tantos compradores para seus produtos.

1
Szydlowiec

No imaginário da maioria dos descendentes de imigrantes do Leste Europeu, a palavra *shtetl* nunca mais terá outra face que não a de Anatevka, graças à figura do leiteiro Tevye, sua família e as conversas geniais que tinha com D'us na peça *O violinista no telhado*, saída da veia cômica do autor, Scholem Aleichem.

A ação se desenrola no que claramente é o campo ucraniano nos idos de 1890, apresentando o cotidiano de uma aldeia às voltas com os temidos *pogroms* que, sob os olhares complacentes (ou até com o incentivo) das autoridades locais, deixavam em seu rastro mortos, feridos, mulheres violadas e propriedades vandalizadas.

Talvez Marc Chagall nos ofereça uma ideia ainda mais expressiva, em suas primeiras telas, quando pintou os casarios, não como protagonistas, mas como pano de fundo, com casais que voam ao lado de bodes, cabras, flores, galinhas e, naturalmente, violinistas. Impossível seria mostrar

E Madureira quase chorou

No entanto, o que causava a emoção maior não era o imponente local, nem a decoração exuberante, a beleza da noiva, a versatilidade da orquestra, a qualidade do *buffet* ou mesmo a animação da juventude presente, e sim os avós do noivo, sobreviventes de um inferno que tantos e tantos já tentaram descrever.

Ele portava um impecável *smoking* e ela estava radiante num longo vestido vermelho com aplicações douradas. Se houvesse um título para aquele traje, teria sido: mais-do--que-sobrevivi-eu-venci. A filha deles nascera num campo de refugiados na Alemanha e hoje casava o seu primogênito.

Talvez muito poucos, só os mais íntimos, soubessem da importância de outra presença: um senhor discreto, calado, poderíamos dizer alquebrado, que viera do Rio de Janeiro com sua família para aquela ocasião.

Naquela noite esperava-se o desfecho de uma história mal explicada e jamais entendida por mais de 60 anos.

Da avó do noivo, aquele senhor tímido havia sido o primeiro amor.

hoira, quando então os noivos e seus pais são levantados nas cadeiras, sob urros e aplausos, para deleite geral.

A animação, por si só, já provocaria calor suficiente para algum desconforto, mas na Europa, particularmente na França, onde esse evento ocorreu, o ar-condicionado não era habitual nos anos 1990, o que fazia os convidados, um a um, como dominós, perderem a cerimônia desvencilhando-se dos paletós e das gravatas. Daí, aos comentários de que outrora – em meio a espartilhos, veludos, anáguas, perucas, pó de arroz e velas acesas – o desconforto teria sido bem maior, o efeito foi imediato: todos pararam de reclamar e cuidaram de voltar a se divertir. Afinal, estavam na cidade-luz!

Como toda festa que se preza, não poderiam ter faltado os dramas de coxia: naquela noite, o atraso para servir o jantar levou à cozinha o pai do noivo, já colérico, para tomar satisfações com o famoso *chef* responsável pelo *buffet*.

Também como em toda festa, havia o grupo dos engraçadinhos: nesse caso, os que optaram por não ir à cerimônia religiosa para assistir à partida final masculina de tênis em Roland Garros, entre Bruguera e Courier. Iam chegando e já se posicionavam bem à frente da fila de cumprimentos, como se ali estivessem desde o início. Foram desmascarados, fizeram ares de não entenderem as reclamações e foram chamados de *cyniques* (na linguagem da época, em português, seriam os "caras de pau").

Prólogo
1993 – Festa de casamento

O trajeto para se chegar ao local da festa, no coração do Bois de Boulogne, já antecipava a atmosfera do Le Pré Catelan que, mais francês impossível, porém os bambus, as costelas-de-adão, as orquídeas e os gengibres cor-de-rosa traziam para o salão a leveza de tudo que é tropical, inclusive a alegria.

Falar da beleza das mulheres vestidas de branco no dia do seu casamento já se tornou um clichê, senão mandatório. Mas aquela noiva, com seus cabelos vermelhos e um sorriso iluminado, em nada era lugar-comum.

A animação da festa, em boa medida, ficou por conta da orquestra reunida pelo tio do noivo, um saxofonista amador, entre profissionais e amigos igualmente diletantes. A ala jovem ia à loucura com os sucessos das bandas de *rock* Nirvana e Smashing Pumpinks, mas os pais exigiram espaço para as antigas canções de Françoise Hardy e Charles Aznavour. Claro, não poderia ter faltado a tradicional

E Madureira quase chorou

No dia 3 de maio, foi assistir ao desfile junto a milhares de outros poloneses e reconheceu alguns dos portadores das maravilhas produzidas pelos seus patrões. Pôde se dar ao luxo de voltar andando pelo bairro judaico e fazer um lanche sem culpas na Praça Kraszinski, onde todos os judeus da redondeza se reuniam nos sábados à tarde. Não via a hora de contar, durante a próxima visita à sua cidade, como ficara bem impressionado com o que vira. Eles defenderiam a Polônia da agressividade de Adolf Hitler.

*

A visita de verão não poderia ter sido mais agradável. Sentia-se confiante durante os deslocamentos entre as cidades e por ter a habilidade de trazer pequenos mimos para as pessoas mais chegadas. Melhor ainda: cobrira algumas das despesas da família antes da chegada para a visita seguinte, que aconteceria a poucas horas do início dos grandes feriados judaicos. A temperatura, mais amena, também era propícia à sua decisão de armar um catre para não dormir junto à avó ou ao fogão de lenha.

Em carta a *Fete* Yuma, pediu que reunisse os demais movimentos partidários para uma discussão do que testemunhara na capital, diante das notícias que chegavam de Berlim, Vílnius e Moscou. Esta era uma atitude típica de Bentzion por acreditar que as divergências seriam postas de lado em prol do que a gravidade da situação exigia, mas que, naturalmente, quase terminaram em agressões físicas e verbais, com uma farta troca de *schmok*, *potz* e *schlomiel*.

Ao falar o quanto o impressionara o desfile militar, não encontrou eco nem sequer entre amigos ou familiares e foi levado a concordar que a segurança das comunidades judaicas, onde quer que fosse, estaria na dependência não do exército polonês, mas da implementação do regime socialista com a igualdade entre todos os cidadãos.

Decidiu deixar o assunto de lado e não estragar o prazer dos últimos dias de sua estada. Durante o passeio a Przysucha, deu de presente a Marml o pequeno troféu de vitória do torneio de pingue-pongue.

O largo sorriso da namorada, com frequência, fazia seus olhos quase se fecharem, dando ênfase às grossas e bem desenhadas sobrancelhas castanhas. O queixo voluntarioso poderia ser um marco de aprovação ou rebeldia, mas naquele momento era como se o prêmio da vitória pertencesse aos dois. Dificilmente quem não a conhecesse acertaria sua idade, pois era quase da mesma altura de Bentzion e madura para seus 14 anos.

*

Um guarda-pó a ser usado durante toda a jornada de trabalho, com exceção do serviço de rua, o esperava, pois começaria a fazer bainhas e acabamentos. De imediato, precisava organizar todo o material comprado pelos irmãos durante suas pesquisas nas grandes capitais e arquivar moldes que não seriam usados tão cedo, se é que algum dia o seriam: muitos deles herdados do primeiro "mago da tesoura", cujos múltiplos retratos ao lado dos clientes importantes adornavam o salão da entrada. Por ele, jogaria todos fora; eram como pedaços de pessoas que à noite poderiam se juntar, tornarem-se avatares de seus finados donos e virem assombrá-lo enquanto dormia. Não muito diferente das roupas esquecidas nos varais durante o inverno, que, uma vez congeladas, provocavam um barulho assustador.

O armário das peças prontas para provas, etiquetadas com o nome do cliente e o prazo de entrega, enchia com rapidez. Até o fim da terceira semana de setembro, o trabalho não seria interrompido nem mesmo no *Shabat*, quando as máquinas de costura seriam silenciadas de modo que ninguém percebesse que o descanso obrigatório estaria sendo violado, já que isso afastaria muitos dos clientes.

Agora poderia ter o prazer de acompanhar as encomendas passo a passo, desde a primeira visita em que, uma vez explicado o evento, eram feitas as escolhas do tecido e do modelo, até o momento em que ele mesmo, caso o dono não viesse buscar, faria a entrega das chamadas "obras de engenharia". E foi justamente um jovem mandado a Varsóvia para estudar engenharia, agora funcionário da Siemens em Praga, o primeiro cliente da manhã de um bem-vindo dia de calor em agosto. Vinha ao ateliê por indicação do pai para a confecção de calça, paletó e colete a serem usados no *Rosh Hashaná* e no *Yom Kipur*, mas pedia que fossem feitas não mais do que duas provas devido à distância entre Praga e Varsóvia.

Importante acrescentar que, em se tratando dos "magos das tesouras", o número de provas era incerto. Entre idas e vindas ao armário do estoque dos tecidos, o vaivém com as publicações de moda ou a preparação da ficha de um novo cliente com as medidas tiradas pelos irmãos, Bentzion não podia evitar entreouvir a conversa.

Se até aquele momento entendia a mudança do tio Boris para o Brasil como a única forma de dar à mulher e aos filhos uma vida mais digna, naquele instante tudo mudou.

Georg, o jovem cliente, judeu polonês, ouvira seu chefe adverti-lo, sem meias palavras, de que ele deveria sair da Europa o quanto antes. O chefe, que era tcheco da região dos Sudetos e, portanto, considerado alemão pelos nazistas, sabia que o perigo do hitlerismo era real e que não haveria maneira de proteger seu funcionário, nem garantir seu emprego e muito menos a sua segurança física. Não se via entre os demais países a determinação de enfrentar ou mesmo condenar a política discriminatória alemã. E se os *pogroms* no Leste Europeu, de que se tinha notícia, já eram temidos, tudo indicava que a virulência do antissemitismo em todos os níveis do governo hitlerista seria ainda mais letal.

O engenheiro voltaria a Praga a fim de terminar os projetos em andamento, passaria os feriados com os pais em Varsóvia e depois faria uma rápida viagem à América do Sul, onde tinha conhecidos. Lá, ele avaliaria a possibilidade de imigrar, sabendo que, nos Estados Unidos, ainda sofrendo os efeitos da crise de 1929, ele dificilmente conseguiria a permissão de entrada e residência sem ter familiares já vivendo lá.

Com muitas semanas ainda pela frente antes de voltar a Szydlowiec, Bentzion pensou em escrever para a mãe, familiares c Marml, relatando o ocorrido. Aquelas palavras, mais do que uma opinião, eram uma advertência a ser levada a sério, tal qual o som do *shofar* durante o *Rosh Hashaná*.

Os sons ritmados, soprados através de um chifre, seguindo a ordem do ritual – *Tekiah, Shevarim* e *Teruá* –, também são sinais de alerta, mas quem os entende assim? Com esse pensamento em mente, decidiu que, quando estivesse face a face com as pessoas da sua comunidade em Szydlowiec, lhes transmitiria o que tanto o inquietava. Não queria ser achincalhado como da última vez, quando quis discutir um assunto que não se encaixava em agenda política nenhuma.

Betty Steinberg

*

Bentzion mantinha seus sentidos apurados para não cometer erros que levassem os patrões a demiti-lo. O que outros rapazes não dariam pela oportunidade desse aprendizado! Ocupado a cada minuto do dia, deu-se conta de que estava sentado na pequena sinagoga onde aprendera a ler e a contar ao lado dos meios-irmãos, separados da avó e da mãe por uma cortina. Seu pensamento estava muito longe da liturgia, até o momento em que o *shofar* soou. Naquele instante, precisou passar o dedo pelo colarinho como se precisasse afrouxá-lo. Leibl havia passado toda a manhã cantando nos serviços religiosos da grande sinagoga frequentada pelos Broman, e não demoraria a estar com ele. Mais tarde, Bentzion estaria com Marml, conversando e trocando ideias. Com ela, ainda que sob a administração paterna, entre uma troca de guarda e outra, era possível roubar um aperto de mão e, no momento propício, Bentzion poderia confidenciar o que ouvira na capital. Dessa forma, sugeriu a Marml que transmitisse o alerta para seus familiares.

Após a chegada de Leibl e Yankl com a namorada, sem esperar muito pelo término dos abraços e das piadinhas tradicionais de adolescentes, repetiu toda a história e reiterou para que levassem o caso às respectivas famílias.

Naquela mesma noite, quando toda a família materna estivesse reunida, pela terceira vez repetiria o que ouvira, não se importando que a mensagem fosse mal recebida. Que ficasse a critério de *Fete* Yuma transmitir ou não a mensagem para o diretório do Bund. A rigor, pensou, era provável que já tivessem discutido o assunto entre eles.

Queria estar em Varsóvia no amanhecer de segunda-feira. Portanto, as poucas horas disponíveis com os amigos e a namorada seriam para ouvir as novidades locais, jogar conversa fora, e não para discutir assuntos de guerra e morte. Cumprira sua obrigação de trazer o assunto à baila e até se sentia mais leve, com a sem sensação de dever cumprido. Naquele momento, não havia mais nada que pudesse fazer.

Fora avisado pelos "magos" de que até o Natal não haveria descanso, como o usual nas semanas anteriores aos grandes feriados judaicos. Nessa época, as senhoras também encomendavam seus sobretudos no ateliê, trazendo peles para complementar punhos e colarinhos. Muito o que fazer e muito o que aprender. Passado esse torvelinho, Bentzion teria a grande pausa de 2 semanas em casa.

5
1936 – Início do adeus

A cacofonia das últimas semanas durante as ansiadas férias ainda reverberava nos ouvidos de Bentzion, que não sabia se estava triste ou aliviado de deixar o seu canto no mundo. Já sentia falta das mãos de Marml, do seu entusiasmo por tudo que dizia respeito de sua vida na capital ou da seriedade com que o ouvia, mas as discussões intermináveis, que nada resolviam, já não contavam com seu apoio e participação. O querido Bund, que até recentemente dera a ele sentido e ordem, estaria vendo os acontecimentos iniciados em 1933 na Alemanha não como um problema judaico, mas sim da humanidade?

Um tio de Marml, que já residia em Paris há algum tempo, teria insistido para que pouco a pouco a família se mudasse para a França, uma sociedade mais aberta de forma geral, mas o pai dela relutava em deixar para trás a posição de respeitado homem de negócios e reconhecido líder da sinagoga. Membros de sua própria família estavam na Palestina, uns arando a terra com seus filhos criados pela coletividade – coisa que não se habituaria a fazer como chefe de família –, outros em cooperativas para comercialização de laranjas. Se fosse morar em Jerusalém, por ser religioso, estaria sob a ameaça dos *pogroms* árabes.

A namorada de Yankl também tinha um irmão vivendo em Paris e igualmente insistira para que toda a família deixasse a Polônia. Mas ele, ainda que viesse a se casar em breve, não abandonaria a mãe viúva, Leibl e a irmã Malka. Para complicar, a caçula, apesar dos seus 14 anos, já se filiara como membro do Partido Comunista e afirmava: "Se for para sair da Polônia, vocês sabem perfeitamente para onde vou». Isso fez com que Esther mandasse a filha, ainda que sob a fina neve caindo, passear por um tempo até que se acalmasse e parasse com o *narrishkeit*.

Antes de rumar para a estação, Bentzion passara na casa de sua mãe para se despedir, deixar lembranças para o padrasto e irmãos que estavam no *cheder* e perguntar se alguma carta de Mime Clara havia chegado nos últimos dias. A que a avó recebera só dava conta de que os primos estavam sadios e adaptando-se bem ao clima e à língua e que em breve a mais velha começaria a escola primária judaica, além do que, no quintal da casa, havia árvores com frutas até então desconhecidas.

*

E Madureira quase chorou

Ao deixar para trás a estação, Bentzion decidiu vagar um pouco por ruas mais distantes do ateliê, perto dos endereços onde as entregas rendiam gorjetas que mais do que compensavam o fato de não ter um salário. Contava com os seus chefes retornando ao trabalho no dia seguinte; queria respirar o ar da grande cidade e ouvir um pouco do silêncio dos bairros residenciais.

Ele mal podia acreditar que já se passara 1 ano desde o início do seu estágio junto aos "magos" e, sem que percebesse, empertigou-se, não mais intimidado pelo cenário. Já sabia distinguir uma boa alfaiataria, fazia bainhas e tinha a promessa de iniciar o corte, que não era garantia de trabalho em canto nenhum, mas estava num bom caminho.

Comprou a refeição do dia e seguiu para a Rua Mila 16, pensando em como guardar o alimento de forma a não deixar o odor chegar ao estoque de tecidos.

Com a própria chave abriu a porta e, para sua surpresa, encontrou Natan, o mais velho, em mangas de camisa observando as fotos em série do pai na parede oposta à entrada. A luz da tardinha, filtrada pela grande janela que misturava painéis de vidros coloridos e brancos, foi forte o suficiente para mostrar no rosto do chefe que sua presença era bem-vinda.

Susto maior foi chegar ao salão de trabalho e ver David, o outro alfaiate, subindo e descendo a escada móvel, pondo numa caixa de papelão os moldes já manchados pelo tempo. Conteve a risada para evitar que lhe fosse perguntado por que estava achando aquilo engraçado: como explicar que seriam menos fantasmas a sussurrar histórias durante a noite? Assim, poupou a si mesmo de ter de responder que preferia não participar das intimidades daquelas roupas, suas histórias de conquistas, casamentos, bons e maus negócios, missas e até circuncisões.

O tecido príncipe de gales já estava na mesa para ser cortado no dia seguinte, e caberia a ele preparar uma calça enquanto os irmãos se ocupariam em alinhavar o mesmo tecido num pano branco, a que denominavam "tela", para confecção do paletó. O dia prometia ser longo. Quando listras e quadriculados precisavam estar alinhados, as brigas se tornavam ferozes e Bentzion não queria tomar partido. Como sempre, os dois magos se entenderiam e os clientes sairiam maravilhados. Agora era controlar os nervos e não pensar no preço daquele corte de fazenda.

Com o decorrer das semanas, não pôde deixar de notar que encomendas para depois do verão raramente eram aceitas sob a alegação de que já estavam além da capacidade de entregas. Era testemunha de que os dias por vezes se estendiam além da conta, sim, mas não mais do que no ano anterior. Talvez tivessem decidido participar mais da vida social e estar com amigos que, com frequência, viam seus convites serem recusados. Com exceção dos concertos sinfônicos e óperas, a agenda de anotações comuns aos dois nos horários noturnos permanecia vazia.

E Madureira quase chorou

Deu-se conta de que a inquietação das últimas semanas era por falta de notícias dos seus tios, insistentemente pedidas à mãe e à avó.

Na capital, não fizera grandes amizades, somente os conhecidos habituais, filhos de amigos da família, também aprendizes e, iguais a ele, com eventuais dias de fome. Desde criança, fora instruído que, se estivesse na casa de conhecidos e perguntassem-lhe se estava servido, deveria agradecer e responder que estava satisfeito. Em datas especiais, participava de assembleias do Bund, mas aquelas pessoas haviam sido criadas num mundo em que a escola judaica financiada pelo Partido tinha 3 mil alunos! Aí, sim! Ainda que fascinado, era intimidante. Pela primeira vez ouvira a expressão "cidadão do mundo" e não tinha a menor ideia do que se tratava.

Muito em breve estaria de volta a Szydlowiec, com tempo para conversar até cansar. O ateliê funcionaria todo o fim de semana para que os 8 dias da Páscoa, que se seguiriam, pudessem ser de descanso, sem a preocupação de provas ou entregas.

*

Bajla sabia o horário de chegada do trem vindo de Radom – conexão ferroviária entre Varsóvia e Szydlowiec – e resolveu esperar o filho sentada no banco da plataforma, já que o frio daquele iniciozinho de primavera não estava de todo ruim, assim como havia gente suficiente na casa para dar conta do *guefilte fish*, dos *matze balls* e do *iuch* a serem servidos no *Seder* da primeira noite do *Pessach*. Algumas semanas antes, a cunhada se encarregara de preparar o vinho de uvas vermelhas e, sua mãe, o de uvas brancas. O aperto no coração pela falta da irmã Clara foi dissipado pelo trepidar do chão sob seus pés, ainda antes de ouvir o apito do trem anunciando que seu filho já se aproximava.

A alegria e a pressa na voz de Bajla davam a dimensão do quão importante era o que precisava mostrar, e ela não se decepcionou com a reação de Bentzion ao ver os documentos que tinha nas mãos. Queria a todo custo estar a sós naquele instante e pouco se importou se por debaixo do capote ainda estivesse com o vestido de uso caseiro ou que as mãos cheirassem a cebola; ali, à sua frente, estavam a carta de chamada oficial para o Brasil e a passagem de navio, que sairia nos primeiros dias de dezembro.

Aquele filho tão querido havia se distanciado dela, ao escolher o acolhimento da avó e, agora, depois de ouvir a história do engenheiro, procurou meios de partir para ainda mais longe. Contava que fosse uma questão de pouco tempo e que, um a um, os parentes rumariam para o Brasil, ao que tudo indicava, para o bem de todos.

O abraço foi longo, diferente do habitual modo europeu, antes de Bentzion seguir para a casa da avó a fim de deixar seus pertences, e Bajla correr para finalizar os preparativos da noite.

*

Sem compreender muito bem como, quando o pedrisco jogado na sua janela o acordou, Bentzion sabia quem estava lá fora naquela hora da manhã, e por quê. Para não acordar a avó, colocou as calças por cima da ceroula e, antes de ir à casinha, se encontraria com Leibl para pedir silêncio.

"Pois então você vai embora e não me fala nada?", a acusação deixou Bentzion sem palavras. O tempo que levou para se aliviar foi o bastante para acordá-lo de vez, mas ao se aproximar já percebera que todos sabiam de tudo, bastando ir a um dos mercados, e que não deveria ter feito mistério sobre aquele assunto com seu amigo. A carta volumosa e maior do que habitual debaixo do braço de Bajla, cheia de selos exóticos, tudo dizia, e o que não dizia foi-lhe sendo arrancado pelas beiradas por meio das mais sutis e criativas formas de questionamento.

Por fim, Leibl aceitou a honesta resposta de Bentzion, de que até a tarde do dia anterior de nada sabia. Sim, claro, escrevera uma carta manifestando a vontade e a importância de sair de Szydlowiec com presteza, dando a si mesmo a chance de se encarregar da própria família, e não tinha escondido de ninguém que havia pedido ajuda aos tios.

O longo e apertado abraço, misto de reconciliação e antecipada perda, veio seguido da indagação "Marml também já sabe?", a pergunta foi feita por Bentzion, mas poderia ser da autoria de Leibl. Assim como Bentzion preferia que Marml não ficasse sabendo daquilo por outra pessoa, Leibl se achava no direito de ser o primeiro a ouvir a notícia diretamente do viajante.

Leibl não podia se deter; o dia seria curto para as muitas entregas durante o *Pessach*. E Bentzion, para seguir ao encontro de Marml, precisava se livrar do acúmulo de roupas causado pela pressa de ir ter com o amigo.

Três leves pancadinhas eram a senha para Marml saber que era ele. Ser chamada àquela hora da manhã devia ser sinal de notícia importante. Correu o quanto pôde para se fazer mais bonita, mas isso lhe tirou alguns segundos preciosos para que ela mesma abrisse a porta, evitando que o pai, com sua má vontade, abrisse primeiro. A pressa não adiantou: quem abriu a porta foi seu pai.

"O leite já foi entregue, então quem será?", pensou Herschel. "Ah! Sim, o bundista está de volta", resmungou com má vontade ao reconhecer aquele jovem que, a seu ver, deveria estar em casa colocando os *tefilin*, em vez de estar ali batendo à sua porta. Herschel não escondia a sua falta de entusiasmo, quase desgosto, com a escolha da filha. "É por culpa desse rapaz que Marml não está afiliada a um movimento juvenil mais apropriado para a descendente

E Madureira quase chorou

de um respeitado Cohen", julgava ele. Sua preocupação só não era maior porque Bentzion morava agora em Varsóvia e, sem sua presença constante, o assunto se resolveria por si só.

Nos sonhos de uma jovem adolescente apaixonada não cabem documentos do tipo carta de chamada ou passagem de navio, quando endereçados a somente uma pessoa. Marml mantinha o olhar fixo naqueles papéis e se, por um lado, era uma excelente notícia para Bentzion; por outro, ela entendeu, com uma ponta de dor, não estar incluída nos planos daquele fim de ano.

Até a noite, ficariam todos muito ocupados com o segundo Seder, mas teriam o resto da semana para conversar sobre um ponto no futuro. Olhavam na mesma direção, mas a jornada se mostrava bem diferente para cada um deles. Quem sabe, até fruto da diferença de idades ou das situações de família...

*

Para Bentzion, a volta ao trabalho se tornou um grande e penoso exercício de pesos e medidas entre a fidelidade aos amigos, as obrigações com a família e o cumprimento de promessas não feitas, porém subentendidas. Mas em que ordem de prioridade?

A presença em algumas reuniões do Bund trouxera informações interessantes, entre outras, sobre a partida de alguns de seus membros para a Palestina, sempre deixando claro que motivados pela oportunidade de trabalho na construção civil, e não por sionismo, e que logo se afiliariam à Histadrut – Organização Geral dos Trabalhadores de Israel. Nos últimos 2 meses, graças aos Jogos Olímpicos, Berlim teria afrouxado o garrote na comunidade judaica com o objetivo de fazer uma boa figura entre as nações ocidentais, "mas que ninguém se engane quanto ao nazismo", comentava-se no Bund.

Tão logo chegasse ao "estúdio" – como gostavam alguns clientes de chamar a alfaiataria quando queriam elogiar as obras de arte que de lá saíam –, teria de participar ativamente das atividades daquelas primeiras semanas de primavera, quando se faziam as últimas provas das encomendas para as viagens de férias do verão. Num momento daqueles, em que mais precisavam dele, tinha medo de ser mandado embora e sumariamente trocado por outro aprendiz. Estava decidido a se esforçar ao máximo porque dependia daquele emprego para ter como cobrir as despesas da sua partida para o Brasil: os custos da ida a Szydlowiec para tirar a certidão de nascimento; em seguida, do deslocamento a Kanski para tirar o passaporte; e, depois, o trajeto até o porto de Gdynya para finalmente embarcar.

E Madureira quase chorou

A primavera, o verão e comecinho de outono passavam depressa demais, tamanho era o prazer que proporcionavam. Assistiria novamente à parada de 3 de maio, agora prestando atenção nas calças produzidas por suas mãos, abriria as janelas do salão de trabalho para dormir e comeria a pasta de frutas geladas que até recentemente não conhecia.

Os irmãos alfaiates, de braços cruzados e olhares entre pensativos e inquisidores, pareciam esperá-lo, sem os guarda-pós. Mal tinha aberto a porta, já em pânico, ouviu que se sentasse ali mesmo onde recebiam formalmente os clientes, pois precisavam conversar. Naquele instante entendeu a expressão "não existem ateus em trincheiras", pois pedia ajuda aos céus para que não fosse despedido. Prometeu que iria à sinagoga todo sábado até sua partida para o Brasil, e até aprenderia o *Kadish* para rezar pela alma de seu pai.

Bentzion ouviu tudo o que tinham a dizer e ainda tinha as mãos entrelaçadas e molhadas ao ouvir Natan, quase ao longe, dizer que iriam ao café por 1 hora, mas ainda voltariam ao ateliê para alguns ajustes nas provas do dia seguinte.

Não haveria férias até os grandes feriados de setembro, disseram os chefes. E ele não arriscou dizer, naquele momento, que precisaria se ausentar por 2 dias durante o mês de agosto para ir a Szydlowiec cuidar de documentos importantes ou mesmo para ir ao fotógrafo.

Ainda não sabia que só voltaria a Varsóvia poucos dias antes da partida, quando então receberia o visto de entrada para outra capital, a cidade do Rio de Janeiro.

*

Marml, sem Bentzion, pensou em não participar dos passeios do verão com o Bund, mas agora Leibl, Yankl, Elka e Hint já formavam um sólido grupo de amigos, cuja camaradagem e o prazer de estarem juntos iam além de pertencerem ao Partido e, o mais importante, tornaram-se um elo real com aquele que estava longe. Só lhe restava torcer para que ele viesse, ainda que poucas vezes, e mesmo que fossem visitas curtas, antes de partir para o Brasil.

Durante a semana, os rapazes estariam ajudando a mãe, mas também, havia algum tempo, à medida que os remanescentes do negócio do pai se esgotavam e a renda das vendas do *kasha* seriam insuficientes se a família crescesse, os rapazes saíram à procura de mais trabalho, o que os levou aos curtumes. Leibl era bem mais forte do que seu porte poderia sugerir. Numa indústria quase cruel com a respectiva mão de obra, o rapaz se saía muito bem. Não só aprendeu a dar vida ao material, mas também a fazer dele sapatos. Yankl e Elka, prestes a se casarem, precisavam que o trabalho lhes desse meios de sustento, o que a indústria de couros provia.

Marml, mesmo com as mãos ocupadas pelas tarefas domésticas ao lado da mãe e da irmã, precisava elaborar o que a partida de Bentzion, em breve, significaria para ela. Ficava feliz quando chamada a substituir alguma bordadeira doente ou mesmo para olhar crianças de vizinhos nas emergências destes, não só porque ganhava pequenos agrados em forma de gorjetas, mas também porque, durante aquelas horas, poderia encontrar um silêncio só seu. Nesses dias, o estudo junto ao pai e o irmão até se tornava prazeroso.

Para Bentzion, depois de quase ano e meio vivendo grande parte do tempo na capital e convivendo com os alfaiates Natan e David, não passavam despercebidas as óbvias diferenças físicas entre Varsóvia e o lugar onde nascera e crescera. Mas tudo o mais chamava a sua atenção e se lhe fosse perguntado, não saberia responder o que fazia tão diferente a atmosfera das duas localidades: seria o modo dos respectivos habitantes se vestirem? De falar? De comer? De se distraírem? Decidiu que, numa próxima folga, faria como os patrões: iria a um café, sozinho, para ler um dos jornais deixados no salão das provas, de preferência em iídiche. Só assim poderia explicar o que é um ar diferente.

Os meses que antecederam a viagem aumentavam a expectativa pelas cartas de *Mime* Clara para Bajla e a avidez com que eram compartilhadas. Por vezes, essa expectativa fazia Bentzion duvidar se ele queria mesmo viajar logo, ou se não seria melhor passar mais alguns meses ao lado de Marml e da vida que já conhecia. Queria aquelas pessoas, não aquela vida. Com impaciência esperava o bilhete para a volta ao trabalho, que nunca chegou.

*

A carta escrita em iídiche, é claro, dizia para que Bentzion não levasse as roupas mais pesadas. Mas como ele poderia seguir por mais de 1 mês de viagem no inverno da Europa sem as suas ceroulas, meias de lã e o pesado capote? Não havia mais tempo hábil para pedir uma lista com o que ser levado. *Fete* Boruch definitivamente já havia se esquecido de que ele não tinha um traje para cada estação do ano. O que coubesse na mala de papelão iria com ele.

Envergonhou-se de querer chorar. Toda excitação de quando soube de sua mudança e da chegada dos papéis se evaporara. Em questão de horas, deixaria tudo que conhecia, que lhe dava conforto e que o fazia feliz. Naquele momento, esquecia o frio e a fome de que tantas vezes padecera durante seu aprendizado em Varsóvia. Não conseguia sentir o mesmo entusiasmo de Bajla, que considerava um privilégio ir viver com sua irmã Clara num lugar onde o céu era azul o ano inteiro. Até gostava muito dos primos Ita e Szulim, que o viam como um irmão mais velho e com quem moraria. Ainda se lembrariam dele? Mas não eram substitutos para sua Marml, para Leibl e para os companheiros do Partido. Iria vê-los todos à noite.

Mas teria dito "não" ao seu aprendizado em Varsóvia? Teria dito "não" à sua mudança para o Rio de Janeiro? Com a vovó Esther não havia discussão. O mundo fora do *shtetl* sem dúvida era mais bonito. Lembrou-se do medo que sentiu quando chegou a Varsóvia e não conteve o sorriso ao recordar a primeira vez em que viu escadas rolantes, uma que subia e outra que descia, e embora quisesse subir pegou uma que descia, mas ainda assim conseguiu chegar ao destino. Assim seria com essa mudança para o Rio de Janeiro.

Colocou o pesado casaco e o chapéu e foi ao encontro da grande despedida marcada para depois do jantar na casa do *Fete* Yuma.

Entendeu que os amigos e familiares já estavam esperando quando viu Hint deitado à porta. Demorou-se o quanto pôde nos carinhos naquele que fora o elo com seu melhor amigo. Sentiu o fundo da garganta se fechar como tantas vezes nos últimos dias.

Tivesse chegado algum outro convidado, não conseguiria entrar. Os dois cômodos da casa estavam apinhados de amigos sentados inclusive na cama do casal, coisa impensável no dia a dia. *Mime* Malka fingia que não via e continuava fazendo os biscoitos. Pedia desculpas aos adultos por não ter cadeiras suficientes, e as que tinha já estavam perto do forno. Era uma noite muito fria.

Coletaram-se as fotos de familiares tiradas especialmente para que Bentzion as levasse para *Mime* Clara. Invariavelmente ela finalizava suas cartas com um "tão logo possam, tirem uma foto e mandem com o primeiro portador".

A conversa dos adultos girava em torno do que ocorria na Alemanha e a opinião era unânime: o louco estaria fora do poder em breve. Aquele tipo de gente era esperado na Ucrânia, mas não na Alemanha.

Os jovens cantavam as canções do Partido. Sabiam que estavam sendo observados pelos mais velhos e não queriam causar má impressão quando as lideranças fossem renovadas, pois todos sonhavam em fazer parte da direção.

Os discursos começaram pelos veteranos do Bund naquela localidade. Agradeceram a Bentzion por sua dedicação à causa, pediam que não se esquecesse dos princípios da sociedade igualitária pela qual todos almejavam e que continuasse a lutar por eles, mesmo estando longe da Polônia. O mundo todo se beneficiaria com aqueles ideais. A única nota não política era que outro companheiro de Bentzion, Luzeh Rojtman, de Przysucha, havia partido para São Paulo, no Brasil.

E Madureira quase chorou

Era hora de Bentzion agradecer a presença de todos, antes de partirem para suas casas. Ele fez isso com a timidez que lhe era tão característica e com o olhar fixo em Marml. Em verdade, implorava por um pouco de privacidade para se despedir de sua namorada, ainda que soubesse da impossibilidade. Iria acompanhá-la até em casa, mas teriam a companhia de Leibl e Yankl. Sabia que tinha sido difícil para Hershel aceitar a decisão de sua filha se tornar membro do Bund, por isso não queria dar mais motivos para conflitos.

Nada como se ter amigos sagazes, foi o que pensou Bentzion ao ver Leibl e Yankl ficando cada vez mais para trás. Ao virarem a esquina, Marml e ele estavam a sós. Ele segurou suas mãos e, com a pressa que os poucos momentos lhe permitiriam, confessou:

— Vou pensando em você, sentindo muito a sua falta. Não sei quanto tempo vai demorar para conseguir uma carta de chamada e tudo o mais necessário para que se junte a mim no Brasil.

Foi o tempo exato de apertar-lhe as mãos, engolir em seco e a intimidade terminar com a chegada dos amigos.

Hershel já esperava junto à porta quando o grupo se aproximou e não fazia questão de esconder a pressa de ter a filha dentro de casa. "Esses meninos do Bund têm excesso de liberdade com as meninas. Muito bom ter um a menos por perto", pensou.

Antes que entrasse, Marml ainda ouviu:

— Leibl tomará conta de você.

Agora era ter paciência e esperar, como se isso fosse possível para uma adolescente de 15 anos.

*

Bentzion precisou da sombra das mãos e da aba do quepe para poder admirar as montanhas ora coloridas de verde, ora marrom-acinzentadas. A claridade dos ambientes abertos das últimas semanas ainda o deixava tonto. Não era desagradável, em absoluto, mas logo, logo, se ressentia das palavras de Fete Boruch ao mesmo tempo que as compreendia: "trazer as roupas mais leves".

Desde as primeiras cartas de Mime Clara descrevendo, para sua mãe, os banhos na água salgada do mar, esse era o seu sonho mais frequente. Ainda não entendera bem que roupa se usava para experimentar aquela maravilha. Tomava banho nos rios nu com seus amigos, mas sabia que no Rio de Janeiro homens e mulheres iam aos banhos de mar juntos. *Fete* Boruch teria de lhe explicar melhor.

Já trouxera ao convés todos os seus pertences, ou seja, uma pequena maleta. Olhava em torno e sequer perdeu tempo conjecturando por que os passageiros já não estavam prontos para o desembarque, pois nada traziam nas mãos. Não via a hora de colocar seus pés num chão que não balançasse e livrar-se daquele comandante que não lhe despregava o olho desde o dia em que o pegara nu nadando na piscina destinada aos *g'virim*.

Estava seguro de que já passava da meia-noite e da última refeição. Certificara-se de que não havia passageiro algum por perto. A festa da passagem pela linha do Equador há muito já tinha terminado, portanto mais uma razão para que todos já tivessem se recolhido. Os demais rapazes do alojamento tinham se esbaldado com as bebidas alcoólicas servidas de graça e dormiam profundamente apesar do calor sufocante.

Não se lembrava de ter corrido tanto na vida, e só mesmo suas pegadas molhadas poderiam ter indicado ao comandante para onde estava correndo. Mesmo com todo aquele susto e correria, não se arrependia. Que maravilha de mergulho! Pela primeira vez se deu conta de que talvez o barulho da água tivesse despertado a marujada.

Aquela estranha sensação de vazio que o atacara nos primeiros dias de viagem foi seguida de uma saudade que não conseguiria explicar para si mesmo do quê. Em verdade, apesar de não ter muita liberdade para circular, teve seu precioso tempo livre para pensar e sonhar, com uma cama só para ele, com lençóis e cobertor, e tomando banho sem esquentar água no caldeirão.

Estremecia ao lembrar a visita ao ateliê em Varsóvia: o sorriso que até então nunca vira no rosto de Karol, ao recebê-lo no portão; ver o salão iluminado somente pela luz natural filtrada, mas completamente despido, e aquilo que, mês após mês, tinha sido sua casa, era agora um grande nada, aguardando novos habitantes. Só então, com um suspiro de alívio, pôde entender o porquê de não ter sido chamado de volta.

Poderia ter escrito cartas, mas nunca fora muito de escrever. Certamente em breve teria o que contar. Naquele momento, o coração só não saltava de alegria com a expectativa de uma nova vida porque em momento algum se esquecia da responsabilidade de dar aos seus entes queridos a mesma chance.

Não via a hora de abraçar os tios, olhar rostos conhecidos e ouvir vozes de pessoas com quem pudesse conversar. Pela primeira vez se deu conta de que só sabia falar polonês e iídiche.

Foi fácil achar a família Majowka na multidão. Até os primos Ita e Szulim estavam lá. E para sua alegria, viu dois antigos companheiros do Bund, mais velhos, é verdade, que vieram para o Brasil ainda antes que ele fosse para Varsóvia.

Começou a acenar vigorosamente com o quepe ainda que sem a proteção de sua aba enxergasse menos. Precisava fazer a conexão o mais rapidamente possível; queria pertencer a alguém ou algum grupo.

E Madureira quase chorou

A coreografia do processo de atracação seguida das formalidades burocráticas antes de permitirem o desembarque parecia demorar tanto quanto os dias em alto-mar. Só parou com os acenos, ao ver, abrindo espaço entre os passageiros, surgir uma figura impecável de roupa azul-marinho que se colocou à frente de todos. Não havia jeito, se quisesse chegar ao passadiço teria de enfrentar a autoridade máxima do navio. Com cuidado, levantou os olhos e percebeu um pequeno sorriso seguido de um piscar de olhos.

Só o nervosismo poderia explicar Bentzion fazendo continência, ser correspondido e, lamentavelmente, só vir a saber, muitos e muitos anos depois, o que significava "Good luck, young man!" (Boa sorte, jovem!).

Desceu as escadas para os braços ansiosos e os beijos molhados da tia, enquanto o jeito bem brasileiro de trocar tapinhas nas costas com Rachmil e Huna lhe assegurava que estava entre amigos. Abaixou-se para abraçar os pequenos Majowkas e, para seu susto, ouvir numa língua que ainda não conhecia:

– Bem-vindo, primo, aqui nós somos Ita e Saul. E você é Benjamin.

6
1937 – Rio de Janeiro – Os primeiros tempos

Do momento em que chegou à casa em Marechal Hermes, diretamente do porto, agradecido pelo imediato frescor oferecido pelos tetos altíssimos do sobrado, sentiu certa familiaridade que só agora entendia: a centralidade da mesa de jantar, a cômoda onde pegava os pratos ao ajudar tia Clara a pôr a mesa, aquele mesmo móvel que guardava os castiçais das sextas-feiras e dos feriados e o som do piano da inquilina do quarto independente a substituir o som dos violinos de que tanto gostavam seus conterrâneos. Ah, os cheiros! Mais do que tudo, o cheiro do caldo de galinha. Até mesmo os panos bordados que Marml sabia fazer estavam em cima da mesa. Não podia deixar de pensar no quanto queria dar à avó e à mãe a chance de viver com essa digna simplicidade. Nada sobrava, nada faltava.

O sobrado ficava numa rua arborizada, o que não poderia ser mais conveniente em razão da proximidade da estação de Marechal Hermes, oferecendo a vantagem de poder andar sempre à sombra, ao menos na ida e na volta do trabalho. Benjamin logo descobriu que andar o máximo possível sob as copas das árvores para amenizar calor o ajudava a manter a gravata, o colete e o paletó. Tão logo pôde, comprou um chapéu muito parecido com os dos outros imigrantes e abandonou seu quepe de lã.

Quanto às outras brasilidades no vestir, ainda demoraria alguns anos para ele se acostumar. Não só porque o estilo era bastante diferente do europeu da província, como também pela imensa dívida contraída com o tio e mais a obrigação de começar a fazer as remessas dos passaportes e passagens para que sua mãe – a única pessoa que a lei permitiria – viesse juntar-se a ele trazendo Asher, seu meio-irmão mais velho, que faria o mesmo para o irmão seguinte e assim por diante até chegar ao padrasto. Só então poderia trazer Marml, se ela ainda o quisesse. Teriam de se casar por procuração, porque, segundo os entendidos, as cartas de chamada não se aplicavam a noivas e muito menos a namoradas.

Quase em frente à estação, havia uma pequena praça onde crianças e adolescentes jogavam futebol. Ao fim da tarde de domingo, depois de voltar do trabalho ficava a observar o jogo, esperando um dia ser convidado a participar, mas isso ainda demoraria alguns meses. E foi ali mesmo, na Praça Montese, onde ocorreu a tragédia da qual o primo Saul, por ter sido chamado para o almoço segundos antes, escapou ileso. Isso não quis dizer que Benjamin pôde escapar são e salvo da exaltada e incessante narrativa do menino. Foram meses sem trégua contando que uma granada explodiu e até matara dois adolescentes.

Benjamin, ainda sem o domínio das mais básicas noções de português, simplesmente seguia os passos do tio observando as palmas no portão, o cortejo para que a dona da casa viesse à porta, tentando se fazer entender, mas já tirando da pasta os porta-joias. Não foi difícil.

Difícil mesmo era pensar que não muito longe dali estava o tão sonhado banho de mar. A tia já o advertira que com aquela cor de pele teria de estar na mais próxima das praias às 6 horas da manhã para que não corresse o risco de queimaduras dolorosas. Foi-lhe avisado também que se fosse ao banho de mar, não poderia ir direto com o tio trabalhar, pois diferentemente dos banhos nos rios, teria de voltar à casa para tirar o sal da pele. Quem sabe realizaria o sonho depois da Páscoa?

Foi quando entendeu que seu calendário também mudara. A festa de Purim – que comemora a salvação dos judeus da perseguição de Haman, na antiga Pérsia – já havia passado sem que percebesse. Não houve festas à fantasia ou a ida obrigatória à sinagoga para a leitura da história da Rainha Esther, de seu tio Mordechai, o rei Achashverosh e o grande vilão Haman. Foi quando a saudade da avó e de seus *humentashen* chegou com muita força. Seus favoritos eram os de framboesa. Quase podia sentir o cheiro da massa fermentando e, depois, assando com diferentes recheios.

As horas da manhã eram gastas com as idas e vindas a ministérios, cartórios, tradutores e cuidando da papelada necessária para conseguir o visto de residência permanente, sem o que não haveria como patrocinar uma possível carta de chamada. E pensar que os tios fizeram tudo isso por ele! A gratidão que sentia era imensa, não apenas pelas somas emprestadas e pelas horas e horas de trabalho para possibilitar sua vinda, mas principalmente porque o privilégio de vir para o Brasil naquele momento foi dado a ele, quando teria sido normal dar prioridade ao casal Etla (irmã do tio Boris) e Dawid (irmão da tia Clara). "Isso deve ter sido coisa da vovó Esther", pensava Bentzion, agora Benjamin.

Precisava responder às três cartas recebidas e, cada vez que se lembrava disso, era como se mais um peso se adicionasse à carga nas suas costas. Não poderia esperar nem mais um dia: naquela noite, sem falta, responderia à sua mãe, Leibl e Marml, contando como estavam sendo seus primeiros meses de vida no Brasil.

Ele se sentaria à mesa de jantar e, enquanto os primos faziam as tarefas da escola, aprenderia com eles um pouco de português e lhes ensinaria o iídiche. Teria de se submeter à zombaria do seu sotaque ao repetir as frases ensinadas e pedir que a tia não censurasse as crianças. Não se ofendia em absoluto e deliciava-se com as sonoras gargalhadas, ainda que frustrado pela dificuldade da língua portuguesa.

Leu as cartas a serem respondidas, ficou grato ao saber das atividades do Bund e, por que não admitir, sentiu certo prazer em saber que estava fazendo falta à frente das vendas das assinaturas das revistas e que o time de pingue-pongue se ressentia da sua ausência; não ganhava campeonato algum desde sua partida.

A carta de Marml se referia ao pedido de um irmão de sua mãe para que a família se mudasse para a França, onde já morava há bastante tempo. Benjamin não sabia como responder ou comentar, mas sentiu que precisava explicar a ordem a ser obedecida para o início do processo de uma chamada sua para ela. Calculava com base em sua própria experiência, que poderia levar pelo menos 3 anos.

A tônica da carta de Bajla, para apreensão de Benjamin, eram as idas do marido às cidades vizinhas nas quais a maioria da população não era judaica, e para onde os venenosos ventos alemães sopravam e insuflavam o já notório antissemitismo antes latente das populações locais. Pedia que se empenhasse ao máximo no sentido de apressar a imigração do resto da família para o Brasil, pois a situação estava se tornando insustentável.

Naquela noite foi difícil pegar no sono, ainda que estivesse muito cansado. Tentava não se mexer muito para não acordar as crianças e, ao rever seus passos desde a chegada, na esperança de achar alguma brecha onde poderia se empenhar ainda mais, infelizmente não teve sucesso. Chegou à conclusão de que não deveria esperar pela licença de ambulante e começaria suas vendas sozinho imediatamente. Para a compra das primeiras mercadorias, poderia conseguir um empréstimo sem juros, recorrendo à Guemilut Hessed Farain, fundada por um grupo de judeus no Rio de Janeiro.

Depois de semana após semana de convites para um passeio com Ramon e Henrique, aceitou sair no sábado à tardinha. Os amigos moravam em Bento Ribeiro, mas viriam buscá-lo e trazê-lo de volta por recomendação da tia, pelo menos por ora. Quando perguntou aonde iriam, sorriram e fizeram mistério dizendo que Benjamin finalmente poderia voltar a falar polonês e iídiche!

O mistério foi desfeito, inicialmente com o horror que ele sentiu, e até com raiva dos amigos. Estavam num local de casas baixas, junto a um canal com árvores muito altas, mas que não davam sombra. Nunca vira uma árvore igual nos bosques de Szydlowiec ou de Varsóvia. À medida que se aproximavam do casario, estranhou ao ver homens de todo tipo físico e indumentária, somente homens.

E Madureira quase chorou

Não entendeu o que os amigos sussurravam, mas o empurraram em direção a uma das casas onde finalmente viu uma janela se abrir em que uma mulher se debruçou. Com toda a certeza, de onde ele veio, mulher alguma se vestiria daquela maneira mesmo no verão; mas, apesar daquelas cores bizarras na boca e faces, aquela moça tinha algo de familiar: a cor de sua pele não era muito diferente da dele, assim como seus olhos, seus cabelos e as salientes maçãs do rosto.

Benjamin foi levado a conhecer uma mulher como ainda não conhecia, que fora uma judia pobre da província, personagem real da trágica história do noivo argentino rico que nunca existiu. Mas, ainda assim, ela encontrou uma forma de ser gentil e paciente com o novato bonito.

Tia Clara e tio Boris não ficaram sabendo dos detalhes do programa, mas não foi necessário mentir porque, afinal, não muito longe dali ficava o centro da vida judaica do Rio de Janeiro nos anos 1930: a Praça Onze.

7

1938 – A morte de vovó Esther

Cada vez mais usar o seu aprendizado em alfaiataria para fazer frente, não só ao seu sustento, mas a todas as necessidades que o momento impunha, era relegado para um futuro sem data. Se o próprio tio Boris, mais bem preparado do que ele, não se empregara como tal ou tampouco abrira o seu próprio negócio, o melhor que tinha a fazer, com presteza, era buscar novas praças e novos clientes.

O único documento oficial conseguido até aquele momento fora a sua carteira de identidade, insuficiente para qualquer pedido formal de chamada de um parente próximo. Até então, só começara a pagar o que devia ao tio, além de pesada multa por trabalhar sem a licença de ambulante de tecidos.

As notícias que os jornais e a Praça Onze traziam não eram promissoras para o mundo, e particularmente para os judeus da Europa. Com a anexação de Dantzig pelos alemães, 3 mil judeus poloneses foram expulsos, enquanto a condição imposta para sair da Alemanha era a entrega de todo e qualquer bem. Cientistas e intelectuais eram vistos com bons olhos pelas universidades inglesas e americanas, mas a burocracia e as quotas impostas às massas deixavam todos os demais à mercê tanto das hordas nazistas como do populacho campônio do Leste. Benjamin sabia perfeitamente em que categoria se encontravam os seus entes queridos.

Foi quando nas comunidades judaicas, tanto na Europa como no Novo Mundo, os ânimos se acirraram como nunca antes entre socialistas e sionistas, inclusive na Praça Onze, Rio de Janeiro. Se alguns líderes locais impunham suas vozes em prol do socialismo como o objetivo maior, a multiplicação de *pogroms*, desde o de Kishinev, exigia uma solução mais digna com o retorno às terras ancestrais, como defendiam outros. Mas a Inglaterra não honrava o compromisso firmado na Declaração de Balfour e tampouco punha em prática a partilha entre árabes e judeus da área sob o seu protetorado, aprovada pela Liga das Nações. A imigração em massa para a Palestina estava proibida. Um número irrisório de refugiados era permitido com a desculpa, sabidamente mentirosa, de que a infraestrutura não comportaria a absorção da quantidade pleiteada. Em verdade, na comunidade local, denominada então *ishuv*, essa tinha sido a principal preocupação dos que acreditavam não haver uma alternativa para os judeus da Diáspora. Todos os fundos enviados por quem abraçava a causa sionista eram exatamente para projetos de reflorestamento, água e saneamento. Ficava evidente que era a pressão árabe o único empecilho para o acolhimento, na Palestina, daqueles infelizes em navios que vagavam de porto em porto.

No momento, Benjamin não podia se dar ao luxo da militância, embora seu coração ainda estivesse com o Bund. Decidiu procurar por chaminés, seguindo a máxima do imigrante de que onde houvesse chaminés deveria haver progresso e trabalho. Do lado de cá do oceano, não só achou o que procurava, como também outra família que alguns anos antes chegara de Szydlowiec e que conhecia a sua e os Majowkas de longa data. Agora também eram os Morgensterns que estendiam seu carinho e atenção fazendo dele o irmão mais velho de Regina e Rachel.

Bangu e Benjamin mantiveram uma duradoura relação. Os tecidos de algodão da fábrica local eram um sucesso e seus funcionários, uma grande fonte de bons negócios. Quando os dias de visita para vender ou cobrar coincidiam com os fins de semana, ele podia assistir a partidas de futebol no campo mais bonito que conhecera, ao lado da fábrica. Além de passar na Rua do Retiro, é claro, para dar balas às meninas e ouvir notícias vindas da Europa.

Sabia que era uma questão de tempo ganhar a confiança de mais e mais fregueses, uns indicando outros, inclusive estendendo-se por Deodoro, Realengo, Cascadura, mas a cada carta recebida por ele, tia Clara e tio Boris, ficava evidente o descompasso entre o ritmo das vendas e as urgentes necessidades dos que ficaram para trás. O carteiro mal depositava as correspondências para o sobrado da Rua João Vicente pela fresta de bronze da caixa do correio e um dos moradores já sacava o conteúdo a ser dividido entre os inquilinos dos dois andares.

O morador do primeiro andar da casa, Sr. Swartzfitter, viera com a mulher e a filha ainda bebê, deixando para trás, entre outros familiares, os sogros, donos de uma pedreira. Mortificados de saudades da filha e da neta, estes mandaram passagens para que elas fossem visitá-los, e agora não conseguiam retornar ao Brasil, uma vez que ainda não tinham a respectiva cidadania e precisavam do visto de entrada. O Sr. Swartzfitter estava indo à loucura e chegou a pensar em fazer uma viagem à Europa com o único propósito de resgatá-las. Naturalmente foi dissuadido por todos que o conheciam, pois uma ida à Polônia, no cenário de guerra que estava se formando, só pioraria a situação.

O ritual depois do jantar, antes dos adultos ligarem o rádio, era a leitura da correspondência.

Com muita alegria foi recebida a notícia de que Yankl e Elka tinham se casado, e o endereço da correspondência continuaria o mesmo de antes. As boas-novas fizeram Benjamin pensar no amigo Leibl: "Será que ele já tem uma namorada? Talvez não. Ainda não contou nada sobre isso nas cartas que me enviou...", enquanto pensava, percorria com a memória os rostos das antigas conhecidas do Bund, das moças da pequena sinagoga, das filhas de amigas de sua mãe, sem encontrar nenhuma que fizesse um bom par com o *di Roite*. Então riu para si mesmo: "Poucas dessas meninas chegariam perto de Hint, e se o Leibl tiver de escolher, vai acabar preferindo o cão".

Enquanto divagava, os primos coloriam desenhos, com os deveres de casa já terminados. Foi quando ouviram tia Clara, do quarto, chamar pelo marido numa voz ainda desconhecida para ele, mas se podia adivinhar que não se tratava de assunto trivial, muito menos de um problema pequeno como insetos debaixo da penteadeira. Ita e Saul arregalaram os olhos em sua direção. E ele só fez pousar as mãos nos ombros dos meninos, como quem diz: esperem, fiquem onde estão.

Tio Boris saiu do banheiro ainda sem levantar os suspensórios, em direção ao quarto, sob os olhares dos três. Dali a pouco voltou, pedindo com voz pesarosa que o sobrinho fosse sozinho ao quarto do casal.

Ao entrar calado e ficar a sós com a tia, imaginava estar preparado: quem e o quê?

— Minha mãe faleceu no sábado, 6 de agosto — disse ela.

E completou lembrando o significado da data: *Erev Tish'á B'Av*.

Foi tudo que tia Clara conseguiu dizer sem perder o fôlego.

O abraço inicial, estremecido pelos soluços de Clara, encontrou no quase menino a incredulidade de alguém que foi atingido por uma bala perdida: a dor não veio de imediato. Ela chegou de forma insuportável ao som de um choro que não era o seu; mas era, sim, porque a ele não fora dado o direito de chorar. Meninos naquela época não choravam.

Abraçados estavam, abraçados ficaram até que a exaustão foi devagarinho secando as lágrimas e dando lugar somente às palavras de sílabas escandidas que saíam em sussurros, trazendo lembranças doces e recriminações bobas e inúteis: as cartas que não foram mais frequentes, as fotos deixadas para depois, uma mentira inconsequente dos tempos de adolescência...

Tia e sobrinho confessavam que, ao se despedirem de Esther na pequena estação de Szydlowiec, não passava em suas mentes que aquilo fora um adeus, por mais óbvio que parecesse. As grossas lágrimas voltaram junto com tio Boris sugerindo que os dois procurassem dormir e que, se quisessem, no sábado iriam todos à sinagoga para rezar o *Kadish*.

*

E Madureira quase chorou

Marml e Leibl forjaram uma subentendida aliança pela qual as cartas ou fotos que chegassem do Brasil, desde que apropriadas, claro, seriam divididas. Afinal, sabiam o quanto Bentzion relutava em escrever o que não fosse urgente ou de grande importância. Já tinham aceitado essa característica e estavam resignados com a ideia desde o tempo em que ele morava em Varsóvia.

Quando recebiam a correspondência, promoviam um verdadeiro ritual, incluindo-se um piquenique se a temperatura permitisse ou se não houvesse uma agenda importante a ser discutida no Partido.

Para Marml, era particularmente difícil a passagem do tempo antes da chegada dos fins de semana, quando então a companhia de Leibl preencheria bem mais do que as horas. Já Leibl custou a entender que a presença de Marml nos serviços religiosos do sábado – e que lhe dava tanta satisfação – era bem mais do que uma imposição familiar. Podia antecipar sua falta quando Marml partisse para o Brasil. Mas para que pensar nisso no momento, se, de acordo com as últimas notícias, o processo para a imigração de Bajla e Asher estava tão longe de se completar?

Leibl, pessoalmente, não tinha um plano; estava ligado a toda uma logística familiar entre a mãe viúva, que, já tendo vivido uma guerra, repetia "tudo passa", a caçula com seus ideais de militante e o casal Yankl e Elka: se eles partissem, ele ficaria com a mãe. O que não poderia confessar é que, para onde fosse, Hint, já velhinho, iria junto. Duvidava muito de que algum navio aceitasse seu cão.

Riram juntos quando leram os relatos sobre as dificuldades de aprender a língua local, principalmente quando as mesmas palavras tinham mais que um sentido e do quanto demorou para que o amigo experimentasse os antecipados banhos de mar. Gargalharam ao ver que ele pedira aos primos que desenhassem as frutas tropicais das árvores do quintal, ainda que estivessem seguros de ser uma brincadeira, aliás bem típica de Bentzion: claro que o tamanho da fruta chamada "jaca" não era real. Foram informados de que a comunidade local era bastante politizada, havia um Bund muito ativo, uma praça onde todos os *idn* do Rio de Janeiro se reuniam e onde um grande templo fora inaugurado já em 1932.

Ficaram chocados ao tomarem conhecimento de que Bentzion foi vítima de um assalto em que perdera toda a soma da cobrança de fim de mês, o que significava um grande baque nos planos da família. Sabiam que isso ocorria com certa frequência nas cercanias de sua cidade, mas não esperavam que acontecesse onde imaginavam ser o paraíso.

Ao escreverem suas cartas, ficaram na dúvida de como tratar o assunto da morte súbita da avó Esther, por saberem o quanto ela era importante para ele, e não acharam apropriado fazer comentários, ainda que tivessem ido ao enterro, com Leibl presente em todas as rezas dos primei-

E Madureira quase chorou

ros 7 dias do luto. Com certeza, Bajla já teria explicado sobre o desmaio, a queda e a pancada fatal na cabeça.

Na última hora, para que a carta ao amigo não terminasse com um assunto tão triste, acrescentaram o ocorrido no último Shabes:

"Como você bem sabe, Simchele, o *balegole*, traz para o mercado os produtos encomendados pelos vendedores aos atacadistas das cidades maiores. Fez a entrega, correu à *mikvah* e dali mesmo rumou para a sinagoga. Chegou cansado e esbaforido quando o *chazan* já entoava *Lechá--Dodi*. Para não interromper, sentou-se num banco na antessala para rezar e adormeceu. O cantor terminou o serviço, o *shames* fez as bênçãos do vinho e da *chalá*, esperou que o santuário esvaziasse e, contando ser o último a sair, trancou todas as portas. As velas queimaram e as chamas se extinguiram.

Simchele acordou e achou-se só numa sinagoga às escuras. Como não fosse pessoa de entrar em pânico por pouca coisa, foi à janela da antessala e começou a esmurrar pedindo ajuda. Neste exato momento, Chulem Buscovitch, que morava perto, veio ao quintal buscar água no poço. Simchele juntou todas as forças e gritou: 'Chulem! Chulem!'

Por sua vez, ouvindo o som que vinha da sinagoga escura, Chulem também gritou: 'Espíritos! Espíritos maus!', e desmaiou. Enquanto isso, a família se deu conta de que havia passado tempo demais desde sua saída e veio averiguar. Os filhos de Simchele cansaram-se de esperá-lo voltar do serviço religioso e igualmente rumaram para a sinagoga. O mistério foi desfeito e agora só restava ir à casa do *shames* buscar a chave.

No dia seguinte, não se falava em outra coisa que não fosse 'os maus espíritos escondidos na sinagoga, chamando a todos que passavam pelos seus próprios nomes'.

8
1939 – Os ventos da guerra

Todos se surpreenderam com a decisão de Marml e Leibl de se casarem em agosto. Não deveriam ter ficado tão surpresos, pois nos últimos meses ela se dedicara com afinco aos bordados das toalhas brancas do Shabat e, com todo o dinheiro ganho, comprava artigos que claramente eram para um enxoval.

A mãe de Marml começou a falar sobre o enxoval de noiva desde que a filha fez 15 anos, mas a *meidale* sempre desconversou ou sugeriu que a mãe se dedicasse ao de Guítale. Quando chegasse a sua hora, faria tudo a seu gosto; não tinha pressa. O que não confessava a ninguém era que, do momento em que Bentzion iniciara o aprendizado em alfaiataria e, logo em seguida, o processo de emigração, contava em juntar-se a ele, em Varsóvia ou no Brasil, e sabia das dificuldades de transporte de cargas. Para onde quer que fosse, só levaria poucas mudas de roupa, os castiçais do *Shabat*, os travesseiros e o edredom de penas de ganso. Era tudo que caberia no baú aceito na terceira classe dos navios ou que passaria nas portas de apartamentos acessíveis ao orçamento – possivelmente as mansardas – de recém-casados na capital.

Mas se estivessem atentos, teriam notado com que frequência, no último ano, Marml e Leibl estavam juntos, quer durante os passeios, quer nas demais atividades que o Bund promovia. Isso sem contar que seu pai já não mais se espantava ao ver a filha nos serviços religiosos do *Shabat*, apesar de nunca ter se dado conta da coincidência entre a participação do jovem ruivo no coral e a presença da filha, sábado após sábado.

Marml, desde muito cedo, marchava ao ritmo do seu próprio tempo, mas dessa feita havia um sério empecilho: tudo indicava uma guerra em breve e ela queria estar ao lado de Leibl. Ao ouvir a notícia, a sogra, em apreço à futura nora, ofereceu a última joia que possuía, dada pelo falecido marido.

A mãe de Leibl, Esther, sabia dar o valor a uma esposa com as características de Marml e ficava feliz de ver a escolha de seu filho. Orgulhava-se pelo fato de a nora, nascida numa família religiosa e de algum conforto material, escolher seu segundo filho como marido, ainda que Esther soubesse do quão difícil seria o início de sua vida em comum. A futura nora completaria 18 anos em outubro. Veio à lembrança o inseparável amigo de Leibl, cujo

E Madureira quase chorou

aniversário também era em outubro. Que fora feito dele? Do momento em que rumou para Varsóvia para aprender alfaiataria, não o viu mais. Sim, agora lembrava... já fazia um bom tempo que ele partiu para o Rio de Janeiro. Estaria bem? Com trabalho? Já teria sido participado do noivado e do casamento para breve?

Precisava dizer com urgência à filha que não implicasse com a nova cunhada, pois isso poderia criar problemas entre os irmãos. Tudo indicava que uma guerra estava para explodir, mas esta um dia teria fim e Esther não queria a família desunida. Jamais se esqueceria das privações passadas durante a Primeira Grande Guerra, quando era recém-casada e sobreviveram, ela e o marido. Tiveram filhos e a vida permaneceu boa, até perder o seu Schmulik.

Só sentiu uma grande angústia em relação ao assunto quando Leibl a encarregou de ir à casa dos pais de Marml para, em seu nome, pedi-la em casamento. Fez o filho jurar por tudo que lhe era caro que não se tratava de emergência por conta de uma gravidez. Sem querer, o ofendeu terrivelmente, mas Marml nunca soube do questionamento. Eliminada essa dúvida, podia compreender a pressa dos jovens.

Poucos dias depois, Herschel Broman, o pai da noiva, oficiou a discreta cerimônia com a assinatura do *Tnoym*, o contrato de noivado, ficando marcado o casamento para dali a 2 meses.

Noivas sonham e Marml não era diferente. Sabia costurar e bordar como poucas jovens adolescentes. Se sua cabeça estava junto a Leibl nas causas que o Bund abraçava, suas mãos se ocupavam com as agulhas. Mas não mostraria seu vestido de casamento a ninguém e com a mãe foi a Radom comprar alguns metros de seda. Tudo indicava que aquele agosto estaria quente e não necessitaria de mangas compridas, mas não iria a um *Shul* de ombros e braços à mostra. A renda viria das mantilhas usadas nos serviços dos grandes feriados. Podiam sentir o roçar dos ventos da guerra e não gastariam nada além do estritamente necessário para uma cerimônia digna e própria de uma família respeitada.

Leibl, por sua vez, estava decidido a não usar o tradicional *kytl* ainda que tivesse um imenso respeito pelo sogro, até porque o ato de cantar na sinagoga era por amor à música, e não por devoção. A vestimenta branca por cima do terno estava fora de cogitação. Não usaria um emprestado ou tampouco gastaria preciosos *zlotys* num novo. Esther teve uma grande alegria ao ver que sua iniciativa de não vender os dois melhores ternos de Schmulik fora acertada. Um já fora usado por Yankl e agora seu Leibl usaria o outro.

Enquanto marcava a nova bainha e onde os botões seriam realocados, perguntou sobre a reação do amigo Gutman à notícia do seu noivado e casamento. Ouviu que, quando voltassem da lua de mel, iriam a um estúdio para uma foto oficial de casamento a ser enviada numa carta contando a novidade.

Agora, a mãe do noivo teria de pensar a quem pedir a gentileza de fazer as alterações no terno. Depois pensaria em Malka ou nela mesma.

Já na manhã seguinte ao noivado, Sheindl, mãe da noiva, correra ao rabino da Grande Sinagoga para ter certeza de que estaria na cidade e não visitando outras comunidades. Ele imediatamente desaconselhou música ou mesmo quaisquer excessos devido à crise de desemprego dos últimos anos, ainda que Herschel estivesse em melhor posição do que os outros chefes de família locais. O bolo de mel e o *schnaps* correriam com fartura.

Os campos estavam floridos à volta de Szydlowiec, e Sheindl, com a ajuda de Guítale, faria uma mesa festiva e digna de Marml. Tivera uma conversa com ela sobre como teria sido aquela festa em outras circunstâncias. A filha merecia. Apesar de forte e independente, numa época em que isso ainda não era bem aceito, Marml era motivo de orgulho dos pais. Tudo indicava que estava bastante feliz e pouco se importava com os rituais. Dizia que poder ter sua própria casa era uma bênção que muito poucos receberam.

Com a voz mais casual possível, perguntou sobre o anúncio do noivado ao ex-namorado. "Ao voltarmos de Przysucha faremos uma foto e mandaremos para o Brasil", respondeu Marml.

Jamais revelou a sua preocupação de que a filha estivesse aceitando o pedido de casamento de um rapaz por quem sentia especial afeição, mas não com o fascínio que um dia nutrira pelo filho de Bajla, a viúva. A primeira vez que isso lhe veio à mente, ainda em sobressalto e quase envergonhada, deu algumas cuspidelas para cada lado para afastar o pensamento negativo e rezaria o *Shemá* com mais fervor antes de dormir. Na manhã seguinte, mandaria uma breve carta para a prima de Przysucha confirmando a chegada dos noivos para as bênçãos dos 7 dias, que ela tão gentilmente se encarregara de organizar.

Por fim, precisava conferir com o filho se ele entregara em mãos os convites àqueles que formalmente precisavam recebê-los e convencer a filha de que a ida à *mikvah* com a sogra era um dever. Sheindl ensaiava todos os argumentos possivelmente aceitáveis a Marml e descartava-os. Não gostava de ir dormir sem soluções de conflitos, quer fossem com filhos, quer fossem com o marido, e já se preparava para beber mais um copo d'água quando, como num passe de mágica, vislumbrou a solução.

Nem todas as estrelas haviam desaparecido, quando viu Herschel sair para as preces matutinas na sinagoga e, logo em seguida, ela cruzou o vilarejo de ponta a ponta, para bater à porta de Esther Silberman.

Sheindl não deixou que a mãe de Leibl sequer se recuperasse do susto, quando atacou:

E Madureira quase chorou

— Você não imagina o que sonhei essa noite! Você, minha querida, vindo à minha casa pedir para que Marml fosse à *mikvah*! Certamente isso é coisa de *Hashem*.

*

As crianças tinham sido mandadas para cama sem entender por quê. Mal tinham terminado de comer a fruta da sobremesa, mas já eram maduras o suficiente para entender que se tratava de assunto sério e que os adultos não desejavam ser ouvidos ou interrompidos por elas.

Tio Boris chegara mais cedo que o habitual, com vários jornais em iídiche impressos no Brasil, além das notícias mandadas pelo *Forward* de Nova York, e já encontrou Bentzion — que não fora ao centro para aguardá-lo — junto à tia Clara. As crianças estavam corretas: havia muito o que falar. O mundo dos adultos vinha enlouquecendo e chegara a uma situação-limite. Não havia como — e tampouco queriam — explicar perseguições, leis antijudaicas, linchamentos e fome. Se pudessem escolher, proporcionariam uma boa infância a Ita e Saul, vivência que eles mesmos não tiveram.

A Alemanha invadira a Polônia. Bentzion trazia nas mãos cartas ainda fechadas e retiradas da caixa do correio junto ao portão, antes de subir para o sobrado. Soubera da notícia por intermédio de uma antiga freguesa que, gentilmente, ao vê-lo empalidecer e segurar o umbral da porta, puxou uma cadeira antes mesmo de correr à cozinha para buscar o café preto bem forte e com muito açúcar.

Bentzion sentiu como um golpe as palavras sem malícia: "Chiiii, Seu Gutman, seus patrícios invadiram a Polônia! Vai começar uma guerra já, já".

"Patrícios?", pensou ele, entre preocupado e irritado por ter sido confundido com um alemão. Precisava sair dali, mas aceitou a bebida quente, do jeito que gostava, ou não teria forças para tal. Não daria explicações sobre o engano da freguesa, pelo menos por enquanto, mas sabia de onde vinha a confusão: Olga Gutman Benário era o nome de solteira da judia comunista, grávida do líder Luiz Carlos Prestes, e era alemã. O assunto viera à baila inúmeras vezes entre os *roites*, apelido dado aos comunistas da Praça Onze.

Precisava voltar a Marechal Hermes rapidamente. Não que isso fosse mudar alguma coisa, mas queria estar junto de quem estivesse com as mesmas angústias. A bem da verdade, com o mesmo desespero.

O sentimento de impotência para ajudar outros judeus tinha começado em maio, durante o drama dos refugiados alemães nos navios Saint Louis e Flandres vagando por 6 semanas entre Hamburgo, Cuba e América do Norte. Muitos, inclusive, dentro das cotas de imigração para os Estados Unidos e com documentação aprovada para um asilo temporário. Mas a comunidade recém-imigrada no Brasil nada fez, intimidada pela história de Olga.

Encontrou uma tia Clara já com os olhos encharcados, em companhia da vizinha e senhoria da casa, a Sra. Swartzfitter, igualmente em choque. Como os Majowkas, deixara em Szydlowiec toda a família e finalmente retornara ao Brasil em março a bordo do último navio saído do Porto de Gdinya em direção à América do Sul. O que havia se iniciado como uma visita de filha e neta aos avós tornou-se uma epopeia de 4 anos.

O rádio, diferentemente do habitual, permaneceu ligado durante a refeição, como ficaria por anos a fio.

Ainda antes de os pratos serem completamente retirados, tudo a ser lido foi espalhado à mesa e, com uma avidez ainda maior que a habitual, as cartas eram abertas para que fosse revelado em que estado se encontrava a família antes dessa terrível notícia. Bentzion recebeu um grande e caloroso agradecimento pelo dinheiro enviado, com o qual o telhado foi consertado ainda antes do outono chegar, e compradas provisões para o inverno.

Não houve resposta nenhuma sobre suas perguntas a respeito de Marml e do amigo Leib. Estranhava a falta de notícias.

Na correspondência para tia Clara, vinha a mesma estranha notícia que Bajla já mencionara: seu irmão Moishe saíra em direção à Rússia à procura do filho, oficial do Exército Polonês, e agora ambos estavam desaparecidos.

Tio Boris não teve melhor sorte com as notícias sobre seu irmão Butsh, que tinha em mãos toda a documentação necessária à imigração para os Estados Unidos. Nada confirmava sua chegada. A única irmã dividiria seu destino com o marido, Dawid, irmão de Clara, pois os trâmites da carta de chamada para o Brasil estavam congelados junto às autoridades federais. As portas já haviam se fechado.

Com uma das mãos no peito e outra cobrindo a boca, tia Clara permanecia imóvel. Tio Boris balançava a cabeça de um lado para outro como se procurasse o que dizer, mas sem nada falar. Bentzion, de olhar vazio, era assaltado repetidamente pela lembrança das palavras do jovem engenheiro de Varsóvia. O rádio continuava ligado sem ser ouvido, até que um chiado, indicando que a programação havia chegado ao fim e a emissora saído do ar, os alertou ter chegado a hora de deitar.

9
1941 – Marml em Skarzysko

> "Nessun maggior dolore
> che ricordarsi del tempo felice
> nella miseria..."
> **Dante Alighieri, A Divina Comédia**

Seduzidos pela falsa liberdade que um gueto sem muros oferecia, a população original de cerca de 5 mil almas em Szydlowiec já inchara para quase o dobro. Mais cedo ou mais tarde, tornavam-se testemunhas dos fuzilamentos sumários daqueles que, por alguns minutos, transgrediam a ordem expressa de não circular nas ruas depois das 5 da tarde.

Chegavam com seus pertences para vê-los confiscados sob os olhares irônicos dos oficiais. Não havia mais espaços livres para acolher a população que se multiplicava a cada dia. As casas de oração e estudo já tinham sido transformadas em dormitórios, enfermarias, cozinhas comunitárias e as casas particulares vinham sendo divididas com parentes que chegavam diariamente das cidades vizinhas.

Depois do parco jantar, as irmãs e demais familiares estavam reunidos para conversas que sabiam fúteis, pois seus destinos estavam sendo decididos pelos invasores, quando os carros de som davam as ordens de que todas as mulheres solteiras entre 15 e 40 anos se apresentassem na prefeitura às 8h00 da manhã seguinte. As palavras que se seguiriam, ainda antes de pronunciadas – "As que não seguirem as ordens serão sumariamente eliminadas" – já eram de conhecimento de todos e cumpridas à risca. Não faltavam exemplos dos que, por não terem um relógio, estavam voltando para casa e eram mortos, porque alguns minutos haviam se passado depois do toque de recolher.

Os olhares dos presentes foram para Guítale, que ainda mais pálida ficou. A frágil caçula dos Broman só pôde arregalar os olhos e num grito dizer:

– Não posso ir! Não posso!

O silêncio mandatório das situações sem solução, dos olhares mútuos à procura de alguma palavra que a acalmasse, foi cortado com as palavras de Marml:

— Eu vou no seu lugar. E virando-se para o pai: — *Tate*, me dê algum documento de Guítale.

Talvez não imaginasse que, por toda a sua vida a partir desse momento, em seus documentos oficiais ela deixaria de ser a mulher casada Miriam Mania Broman Silberman para se tornar a solteira Mania Guitla Broman.

Leibl, como um sonâmbulo, anestesiado pelos acontecimentos da véspera e a partida dessa manhã, deixava o pequeno e confortável apartamento oferecido pelos sogros e voltava à casa da mãe com seus poucos pertences. A família Broman, a cada dia, recebia mais e mais familiares antes residentes em Przysucha, não havia mais lugar possível para acomodá-los e qualquer espaço a mais seria bem aproveitado.

Preferiu caminhar e lembrar-se de cada momento das sete pequenas recepções nas quais ele e Marml receberam as tradicionais bênçãos daqueles mesmos parentes, então refugiados. Verdade seja dita, ainda que não tivesse dado importância àqueles rituais, apreciou muitíssimo participar. Sentiu-se aceito como membro de uma família tradicional e respeitada no *shtetl*. Um sentimento de gratidão, e agora também de dever cumprido, o invadia a cada lembrança de todos os tios e primos que desocuparam suas próprias camas para os noivos desfrutarem as delícias dos recém-casados. E pensar que já se haviam passado quase 2 anos...

Durante a lua de mel, deu-se a invasão da Polônia, e Marml o fez ver que não deveriam ter filhos até o fim da Guerra. Com uma pancada no coração, pedia desculpas pelo pensamento terrível que lhe ocorrera então, de que a recusa de ter um filho seu significasse um amor pequeno. Como poderia ele, agora sozinho, cuidar de uma criança? Mas... e se tivessem uma criança? Teria Marml se oferecido para a troca de identidades com Guítale, sendo levada para trabalho forçado na fábrica de munição? Deveria ter ele sido mais veemente na objeção àquela arriscada manobra? Se alguma outra jovem do transporte soubesse e contasse sobre a troca das identidades, toda a família seria morta.

Leibl queria muito discordar da oferta altruísta de Marml, de substituir a irmã Guítale na convocação para se apresentar na manhã seguinte para o trabalho em Skarzysko, e tentou se mostrar ressentido com todos os que apoiaram essa ideia, mas não conseguiu. Nem sequer pôde ir junto e despedir-se da esposa. Teria sido um erro fatal, claro. Ela foi acompanhada somente pelo pai, assim como todas as outras solteiras entre 15 e 40 anos.

Olhava Hint com tristeza e jurava que seu velho companheiro o entendia. Agora o cão andava ao seu lado, e não à frente, como fazia antes, mas ainda cumpria o papel de guarda, tanto na saída do seu turno no curtume como nas entregas do *kasha*, cada vez mais raras, ou pela falta dos cereais para vender ou de clientes que pudessem pagar.

*

E Madureira quase chorou

O tormento do dia precisava chegar ao fim. Ao sentar-se no alojamento com o saco de lona ainda pendurado no ombro, um pensamento bizarro lhe veio à mente: ela não era mais Marml, Miriam ou nenhuma outra tradução de seu nome original. Ela era Guítale.

Marml deixara para trás, com os cabelos, a sua identidade; e, tal qual o personagem do último livro que lera, agora, neste lugar, o único valor de sua vida era o que pudesse produzir para a fábrica Hasag. Do contrário, teria a mesma utilidade de um inseto. O homem-agora-inseto do livro, por algum tempo, teve a irmã como sua protetora. Aqui, no *Lager*), não seria diferente. Estava segura de que precisava de uma aliada, senão duraria pouco tempo. Pensou em Leibl, pensou também em seus pais, e escondeu os olhos.

Desde o minuto em que fora empurrada para dentro do caminhão que a levaria ao campo em Skarzysko, adjacente à fábrica, ao lado de outras moças e mulheres, a garganta se fechara e os sentidos foram mantidos em alerta máximo.

As ordens de andar, parar, entregar quaisquer joias ou valores, eram ladradas em alemão. A cada minuto, como um mantra, repetia para ela mesma as palavras de seu pai ao se despedir:

— Jamais esqueça quem você é, seus valores e o que a sua casa lhe ensinou.

Abençoara a filha na tradição dos antigos sacerdotes e a fez prometer que sobreviveria.

Viu um grupo, de igual tamanho ao seu, sair pelo mesmo portão pelo qual entrara. Era um bando de sombras esquálidas, algumas mancavam, outras precisavam apoiar-se nas companheiras. Pediu ao pai ausente que fizesse uma prece por aquelas infelizes. Por que estariam sendo levadas em direção à floresta?

A resposta veio sem muita demora, sob a forma de sons distantes, metálicos e ritmados, como temera.

Já no início da invasão alemã, quando as fábricas e manufaturas existentes transformavam-se em fornecedoras da Wehrmacht, alimentando uma máquina de morte, Hasag pagava pelos judeus trazidos para os trabalhos forçados; e quem não produzisse, seria eliminado como uma peça defeituosa, vindo outro para o seu lugar. Marml já ouvira falar das temidas "seleções" e teve a certeza de que sua irmã Guitl não conseguiria sobreviver mais que uns poucos dias ali. O grupo que saíra quando ela entrava eram as peças defeituosas a serem substituídas.

Marml sabia ser uma mulher atraente, bonita mesmo, mas não uma beldade, e jamais imaginou que seus limitados atributos físicos a protegeriam da primeira seleção, quando as mais exuberantes eram retiradas do grupo que nunca mais seria visto. De bom grado, recebeu conselhos de sobrevivência das que já estavam ali há algumas semanas. Entre outros, que dormisse de sapatos, pois caso sumissem, não haveria outro par disponível. Que temesse igualmente os *kapos*, aqueles judeus já conhecidos em suas comunidades por serem maus elementos e os primeiros enviados aos trabalhos forçados pelo *Judenradt*, corpos administrativos formados por judeus requisitados pelos alemães para gerenciar o gueto – quando pressionados pelos invasores por cotas de mão de obra.

Tinha muitas outras perguntas, mas ficou com medo das respostas e preferiu guardar silêncio e um pouco das ilusões para enfrentar o que viria nos próximos dias, meses, enfim, o futuro. Naquele instante, era torcer para que fosse mandada ao Setor A (Werk A) da fábrica de munição e não para Werk B ou Werk C, onde o TNT, Trotyl e ácido pícrico eram usados para a fundição, todos camuflados pela floresta.

Se algum dia ouvisse em que condições adormeceria naquela noite, teria duvidado. A exaustão venceu o desconforto, o cheiro, a desordem, a sujeira e a promessa a si mesma por ocasião de seu noivado com Leibl: de que não mais pensaria em sonhos não realizados. Ainda assim, eles vieram.

Agradecia aos céus por ter sido mantida no *Werk A* do campo. O trabalho na fábrica de munição era exaustivo, mas não era difícil. Numa semana trabalhavam por 12 horas no turno do dia e na semana seguinte por 8 horas durante o turno da noite. Ficavam na frente de uma enorme mesa com um espelho por onde passava uma correia com cartuchos. A tarefa era ter certeza de que cada uma das peças tivesse dois furos para que houvesse a ignição da bala. Só poderia considerar um milagre que nenhuma peça defeituosa lhe tivesse escapado quando o cansaço dos olhos e a fome – que a sopa rala de almoço não saciava – tornavam-se torturantes. Se a munição não detonasse, a falha poderia ser considerada sabotagem e a pena de quem fosse o responsável pelo erro era certa e rapidamente levada a cabo: a morte.

Bausch, um graduado funcionário vindo de Leipzig, a matriz da Hasag, notou a eficiência, a ordem e a higiene com que Marml desempenhava suas tarefas, e decidiu que ela passaria a ser a responsável pela função de servir a sopa diária. Tempos depois, seus parentes chegariam àquele lugar. Se isso não fosse a solução para evitar que passassem fome, certamente lhes garantiria maiores possibilidades de sobrevivência: a porção deles, remexida e trazida do fundo do caldeirão na concha, conteria os poucos pedaços de batata, repolho ou ervilhas que porventura ali estivessem. Bausch percebeu também, e teria comentado com outros funcionários, que o sórdido uniforme usado por ela estava remendado com apuro, sugerindo entender de costura.

Não estar embrenhada na floresta deu-lhe a chance de fazer escambos com os empregados não judeus: um conserto de roupa por uma mensagem para o marido e seus pais, ainda que jamais tivesse certeza de que receberiam. Uma hora de sono a menos e um trabalho a mais poderiam significar um pedaço de sabão ou de pão para ela ou suas companheiras. Era como se a sentença de morte pela fome estivesse sendo prorrogada por mais alguns dias.

Em suas idas e vindas da fábrica, observava as ruas não muito longe dali, onde pessoas iguais a elas levavam o seu dia a dia. Mas bastava voltar os olhos para as cercas de arame farpado paralelas e eletrificadas, as torres vigias com suas luzes que paralisavam pela cegueira momentânea, para deixar bem claro a todas as internas o seu valor naquele mundo distópico.

10
1942 – Chilovtse deixou de existir

A angústia e o sofrimento estavam impressos em qualquer face que tivesse a capacidade de entender a extensão da tragédia. Já não havia mais com quem negociar, implorar ou até mesmo orar, pois nem os sábios ou os rabinos da cidade acreditavam que haveria uma saída para a deportação e o que viria depois. Os membros do *Judenradt* há muito não tinham poder algum, não havia com o que pagar as propinas exigidas pelas autoridades-fantoches polonesas e muito menos pelos invasores. Só tinham uma certeza: o futuro bem próximo não era bom. Assim sendo, cada adulto ou núcleo familiar, dependendo do que fosse de suma importância, teria de achar por si só a solução. Mais do que pediram e imploraram às comunidades judaicas ao redor do mundo, impossível. Sequer sabiam se estavam sendo ouvidos.

Toda mãe queria se sentir como Yocheved, a mãe de Moisés, ao proteger a sua criança e acreditando que alguma princesa a salvaria, não das águas do Nilo ou do decreto do faraó, mas dos alemães. Foi assim que Handl, confiando nas intenções de uma boa amiga, vizinha e cliente, entregou os filhos e tudo mais de algum valor monetário para que ela cuidasse deles até que voltasse a Szydlowiec.

Sabe D'us como, ela banhou as crianças com sabão perfumado, lavou e passou suas vestimentas e, mesmo não tendo valises, fez com lençóis o empacotamento. Trançou o cabelo das meninas que, por serem claras e de olhos azuis, passariam com bastante facilidade por arianas. Ainda tinham boa saúde, o que facilitaria a vida da amiga. Seu marido passava pouco tempo em casa, portanto não se importaria com as três crianças. Como não tinham filhos, acreditava Handl, se encantariam com os seus.

O combinado era que se o marido não aceitasse o arranjo, seriam levados ao convento de Bodzentyn, onde as freiras aceitariam as meninas e o menino no seminário. Sabia do risco de serem batizados, mas como não acreditava nos poderes de transformação da água benta na identidade dos filhos, depois resolveria a questão. Quanto a ela mesma, tentaria se evadir na floresta e pedir ajuda com os gentios da redondeza. Fez o que pôde para não mostrar seu desespero às crianças e, com a sombra de um sorriso, disse ao filho, como se falasse a um adulto, que ele deveria ajudar a cuidar das irmãs e que daquele momento em diante ele era o homem da casa.

E Madureira quase chorou

Hershel Broman, pai de Marml, depois de muito pensar no que levaria em sua valise de deportado, foi à sinagoga ver se o vigia ainda estava a postos e fazendo o que tinha sido recomendado: proteger os pergaminhos sagrados a todo custo.

Já ia se irritando ao ver o portão completamente aberto, quando percebeu cadeiras, livros e *talitot* espalhados ao longo dos poucos degraus que levavam à entrada do edifício. Não hesitou em entrar, ainda que o susto fizesse com que as pernas o levassem, sem ele saber para onde.

Se algum banco tivesse permanecido intacto, teria se sentado. Seu olhar permanecia fixo no lado leste do santuário. A arca estava vergonhosamente aberta e vazia. Chegara tarde demais. Que teria sido feito de Mendl, o *shames*? Olhou à sua volta e não viu sangue. Refez seus passos até a entrada, voltou ao santuário, agora prestando atenção em sinais de violência física para com o vigia. Não se atrevia a subir ao mezanino reservado às mulheres e, em meio à destruição, algo bizarro parecia estar no assento que normalmente a sua Sheindl ocupava. Seus óculos já não lhe davam nitidez daquela distância, mas não se importava, pois ainda lia com facilidade os textos sagrados. Mas o que teria sido feito de Mendl? Não podia se deter, o tempo corria e em poucas horas todos já deveriam estar recolhidos a suas casas.

Na ausência do rabino, que partira para a Rússia poucos dias após o casamento de Marml, ele, Hershel, era autoridade máxima daquela congregação. Não queria deixar Szydlowiec rumo ao desconhecido abandonando sem cuidado o que considerava a sua segunda casa.

Onde teria estado Mendl, aquela boa e simples alma, enquanto ocorria essa abominação? Não queria que sua presença fosse percebida. O quanto mais cedo saísse dali, tanto melhor, mas não havia jeito. Era extremamente importante subir até lá e averiguar.

Não chegou a dar mais do que alguns passos e verificar que a Torá estava acomodada no assento e teria assistido à destruição do recinto. Ela só não poderia informar como chegara ali. Isso só Mendl, que continuava desaparecido, poderia fazê-lo. Segurou os rolos pela madeira com cuidado. Não precisava que estivessem abertos para que soubesse que quase todo o peso dos pergaminhos estava do lado esquerdo; mal tinham começado a leitura anual. Como sair dali sob os olhares dos polacos e alemães? A única saída era a passagem cedida ao cocheiro que morava ao lado. Poucos, além de Mendl e alguns congregantes, sabiam de sua existência.

O *balegole* escovava a bela égua. A charrete em que carregava pessoas e mercadorias ficava atrás do mercado. A casa de pedras era sólida. O cocheiro benzeu-se ao ver o velho judeu barbudo, mais por hábito do que por receio.

E Madureira quase chorou

Não dava ouvidos para o que o pároco falava na Páscoa. Todos os seus fregueses eram os barbudos que pagavam em dia ou quando prometiam. Estranhou a chegada do visitante com o levantar dos ombros e reconhecia a presença de um problema antes de ouvi-lo. Foi logo avisando ao senhor Broman que sua mulher já estava sendo aguardada e que, se quisesse falar, que o fizesse rapidamente.

Não houve maiores trocas de palavras. A manta da égua Kaiserina envolveu a Torá com o pedido para que ficasse protegida da água. Tão logo pudesse, viria resgatá-la. Não tinha com o que pagar pelo favor, mas sinceramente acreditava que, quando essa nuvem negra passasse, voltaria a ter recursos para agradecer-lhe como merecia. Hershel dava por encerrada a sua missão. Precisava voltar à sua família, pois não havia a quem entregá-la para proteção.

Chegou à casa já nos últimos instantes permitidos, para encontrar um trêmulo Mendl se desculpando por não ter conseguido fazer o que dele era esperado. Naquele ponto ninguém mais deixaria a casa até a hora de se apresentarem. Teriam bastante tempo de ouvir as explicações que, segundo Broman, já não se faziam necessárias.

Se a casa dos Silberman fosse um pouquinho mais próxima, teriam escutado a voz exaltada de Esther lembrando a Leibl quantas vezes havia implorado que desse Hint a algum cliente. De nada adiantava o filho explicar que Hint o protegeu enquanto pôde trabalhar durante as entregas e em suas idas e vindas à procura do sustento nos biscates. A bem da verdade, tentou dar o cão até como pagamento por mercadorias, mas todos recusavam pelo mesmo motivo. Mal tinham o que comer. Não havia como alimentar mais uma boca. Desde que Marml partira para o campo de trabalho, Leibl perdera o brilho dos olhos e se havia algum carinho possível, era atrás das magras orelhas de Hint, que estava bem velhinho, mas ainda cumpria o dever de afugentar os ratos.

Ouviram batidas à porta e abriram sem entender o que poderia ser, àquela altura do dia e dos acontecimentos. Era hora do *Kadish*, as rezas recitadas pelos enlutados, e faltavam dois homens para o *minian*. Os vizinhos contavam que Yankl e Leibl pudessem participar. Estavam prestes a serem mais rudes do que habitualmente com o visitante, mas o *shoichet* era uma figura respeitada por todos.

No meio daquele ciclone de emoções, fez-se o silêncio pela espera de uma resposta a ser oferecida pelos irmãos, e ela não vinha. Leibl, estremecido, só balbuciava: "Essa é a solução, essa é a solução". Esther foi a primeira a entender.

Praticantes ou não, os judeus quando comiam carne, só o faziam se o abate do animal tivesse sido feito dentro do ritual *kosher*, com a faca designada unicamente para essa finalidade e de modo que a morte viesse de um único golpe e sem sofrimento do animal. O visitante que naquele momento de absoluto eclipse de esperanças aparecia à porta era quem fora treinado para essa tarefa.

Desde a partida de Marml, Leibl se recusava a participar de quaisquer eventos religiosos. Se, antes da Guerra, o socialismo do Bund já se apresentava como a solução para a condição de igualdade do trabalhador enquanto judeu, agora se tornara para ele a verdade absoluta. Nem o carinho ou o respeito pelo sogro o faziam transgredir seu credo.

Mas neste dia, Leibl, Yankl e Hint partiram para a casa dos enlutados na companhia do açougueiro. Leibl rezou o *Kadish* na companhia dos outros nove homens e pediu que seu trago de *schnaps* pudesse ser levado na garrafa para fora de casa, onde Hint o esperava. Derramou o líquido nas mãos para que seu cão as lambesse. Não viu como algoz a pessoa a quem entregou a coleira. Era o que tinha de mais digno a oferecer: evitar que ele morresse de fome, pancada, maus-tratos ou abandono, e sim de uma forma que não provocaria sofrimento. Era tudo o que tinha a oferecer ao grande companheiro.

*

A ordem era clara: todos os judeus remanescentes da cidade deveriam se apresentar na frente da prefeitura às 8h00 com seus pertences. Os que fossem apanhados fora do local determinado seriam eliminados imediatamente. Só deveriam permanecer os 50 homens adultos da "brigada de limpeza", cujo trabalho era recolher os cadáveres deixados nas casas e ruas.

O Yom Kipur já passara, mas os rabinos e *cantors* com redobrado fervor nas preces, rogavam pelo milagre da salvação do torvelinho do qual não se via saída nenhuma. Sendo assim, para que morressem puros, foram ao *mikvah* e rezaram juntos o *Kadish* para eles mesmos, já contando que não haveria quem o fizesse por eles.

O tempo começava a esfriar e, como não havia carvão disponível, o desconforto da fome constante só fazia aumentar. A cozinha comunitária fazia o possível, quase milagres, mas os víveres eram constantemente confiscados para servir aos alemães e o Judenradt não tinha mais com o que subornar as autoridades locais para que fizessem vista grossa aos víveres sendo contrabandeados. Há muito já não se conseguia, em troca de *zlotys*, a libertação de alguém transportado para Skarsysko com a saúde já precária.

Do instante em que os invasores chegaram a Szydlowiec, os curtumes só poderiam produzir para eles. Sapatos novos para os moradores locais, ou mesmo os remendos eram feitos às escondidas sob pena de morte por espancamento ou por arma de fogo, como ocorreu quando uma pequena peça de pele foi descoberta na casa do coitado do peleteiro.

E Madureira quase chorou

Não era raro encontrar mulheres com crianças pequenas gritando e vagando como dementes depois de testemunharem maridos sendo mortos. Diariamente chegavam notícias ou testemunhos de amigos sendo fuzilados, por saírem do perímetro do gueto sem muros à procura de alimento, ou ao tentar voltar para junto de seus familiares depois de algum ensaio inútil para conseguir ajuda com os camponeses.

Ainda que sabedores dos riscos que encontrariam pela frente, o grupo – formado por Leibl, seu irmão Yankl, a cunhada Elka e o sócio de Yankl – iria esconder-se e depois seguir pela floresta até que algum freguês conhecido os acolhesse. A ideia veio de Esther Silberman, a mãe. Eles permaneceriam numa câmara acima de um antigo forno onde grãos em geral eram secados antes da moagem. Esse esconderijo tinha sido usado durante a Primeira Grande Guerra e serviria para o mesmo propósito agora. Uma vez os quatro dentro do buraco, ela o taparia com tábuas e depois se juntaria aos demais habitantes do gueto que estavam sendo levados ao desconhecido. Estava segura de que sua presença ali ou durante a fuga só traria problemas. Sem mencionar que o esconderijo não tinha mais do que um metro quadrado e uma altura não muito diferente.

A despedida teria sido prolongada se o prazo determinado já não estivesse tão próximo. Por toda a madrugada, ouvia-se o rugir de caminhões passando ao largo. Os soluços e as lágrimas de despedida eram sinais claros de que a possibilidade de um reencontro num futuro próximo era remota.

Mesmo enclausurados, por muitas horas ainda ouviam as ordens "schnell, schnell!" (rápido, rápido!) dadas pelos alemães, os tiros ritmados disparados contra recalcitrantes e novamente o ruído contínuo de caminhões como num desfile militar. À medida que as pausas aumentavam, o ar se tornava mais e mais escasso e a impossibilidade de trocar de posição, quer fosse por falta de espaço, quer para não produzirem nenhum som, tornava o desconforto cada vez menos suportável. Estavam certos de que era noite.

Por alguns minutos, pensaram em se juntarem ao grupo encarregado de recolher corpos da rua. Mas Elka fugiria sozinha? Não, esta não era uma impensável.

Observaram com atenção para não deixarem indício nenhum de suas presenças e saíram do esconderijo rumo à casa do cliente amigo de Yankl.

Ele nem sequer deixou que entrassem. Os vizinhos avisaram os alemães que ele abrigara fugitivos, daí apressou-os para que fossem diretamente para a casa de um de seus irmãos, longe de Szydlowiec, considerando que não poderiam usar a estrada principal. Não houve nem sequer a chance de argumentar. A porta já quase se fechara ao som de crianças vindo à entrada, naturalmente curiosas ao ouvir adultos conversando numa hora em que normalmente só haveria silêncio.

E Madureira quase chorou

Nada se falou por mais de uma hora, quando avistaram a fazendola. Leibl podia confirmar que estavam no lugar certo. Já estivera ali fazendo entregas.

Yankl adiantou-se para bater levemente à porta, mas ainda assim assustou o dono da casa. Sua visão rapidamente se adaptou à pouca luz da noite e percebeu que Yankl estava acompanhado. Com os olhos arregalados e a respiração ofegante, avisou que não poderiam ficar mais de 2 dias, pois sua própria família correria perigo se fosse pego abrigando judeus. Com o queixo, mostrou a direção do estábulo indicando para que corressem até lá. Ele levaria ao menos um pouco de pão antes que a família acordasse pela manhã.

Foram 2 dias de intermináveis discussões sobre qual deveria ser o próximo passo. Voltar a Szydlowiec seria morte imediata. Tentariam a sorte em Skarzysko, mas como chegar lá sem serem vistos? Só teriam mais um dia de abrigo e a pergunta estava no ar quando o fazendeiro trouxe a sopa de batatas e repolho. Em momento nenhum pensaram em perguntar a origem daquela gordura na superfície. Tomariam a sopa ainda que contivesse porco. Para aquele grupo, mesmo muito longe de se compor de judeus praticantes, em condições normais o porco estaria banido.

Os produtos da fazenda normalmente eram levados por uma grande carroça aos diversos mercados da região. O dia seguinte era dia da entrega em Przysucha. Decidiram, então, que os quinhentos *zlotys* que tinham seriam usados para o pagamento do transporte, ainda que fossem deixados na floresta próxima e não dentro dos limites de Skarzysko.

Durante a noite, o sócio achou por bem tomar um destino diferente. Já estava sozinho no mundo... Pais e irmãos tinham sido mandados de trem para algum lugar desconhecido chamado Treblinka. Perdera mulher e filha por alguma doença não diagnosticada, mas sabia perfeitamente que a constante fome tinha sido a grande responsável. Não queria se sentir caçado. Sairia em busca de *partisans* nas florestas vizinhas; o *tsukunft* lhe ensinara alguma defesa. Já fazia frio, porém ainda suportável com o que tinha à sua disposição. Trocaria com o fazendeiro o pagamento de sua parte do transporte por víveres e uma faca. Sim. Era esse seu caminho. Por mais que tentasse se desvencilhar das lembranças das brigas ideológicas entre Poalei Zion (grupo sionista de esquerda) e o Bund, não o conseguia. Essa maldita Guerra usurpara tudo que lhe era importante, até mesmo suas convicções políticas.

Escondidos no meio de feno e mercadorias, Leibl, Yankl e Elka chegaram ao ponto final que haviam combinado.

Em suas mentes, sabiam o quanto dependiam, mais uma vez, de contar com a sorte e não serem pegos fora dos confins de algum gueto, pois nada os salvaria da morte imediata, quando aquilo que poderia ser considerado um milagre ocorreu: um militar alemão fingiu não vê-los. O motivo era simples: seguia em direção à floresta acompanhado de uma jovem tão bonita e elegante, que, mesmo debaixo de tamanhos medo e pressão, não passou despercebida aos três. A cumplicidade dos olhares que o casal trocava e a pressa com que andava indicavam tratar-se de uma ligação clandestina.

O que por algum tempo ficariam sem saber é que o milagre da bela figura, que acompanhava furtivamente o soldado alemão, era uma das muitas jovens judias que faziam parte de uma rede de infiltradoras de guetos, contrabandistas de víveres, de informação e, muitas vezes, de pequenas armas para a Resistência. Elas proclamavam ser preferível morrer por balas a perecer em câmaras de gás. Os homens, por sua vez, com uma simples ordem de baixar as calças estariam condenados de imediato.

Nunca saberemos qual dos dois sobreviveu àquele *rendez-vous* da floresta.

Fosse como fosse, os fugitivos estavam sendo presenteados com um indulto, ao menos naquele momento. Precisavam com urgência chegar a algum destino.

*

A primeira imagem a cruzar os olhos de Leibl, Yankl e Elka foi a de uma jovem vagando num chão enlameado. Era cedo no outono, mas suas vestimentas já não eram apropriadas: os braços descobertos e um xale roto. O cabelo cobria parcialmente o rosto, hábito quase inexistente naqueles vilarejos. Ainda assim os Silberman percebiam nela algo familiar. Passados poucos instantes reconheceram a vizinha Handl, aquela que um dia fora uma mulher graciosa.

Aquela vizinha que tinha confiado os filhos a uma freguesa tentara a mesma sorte dos Silberman: primeiro, a evasão do *shtetl*, para em seguida se esconder por um prolongado período, o que igualmente não conseguiu. Chegando ao gueto da Skarcysko, não lhe pouparam a verdade sobre o destino das suas três crianças: em questão de minutos tinham sido entregues às autoridades locais. Com essa notícia, a mãe enlouqueceu.

Não estavam mais em treinamento. Isso era vida real e estavam sendo caçados. Tempos atrás, qualquer esperança de luta com os invasores teria sido uma piada de péssimo gosto, o que, aliás, era o forte daqueles infelizes todos. Ainda no início da invasão, antes do gueto ser instituído, muitos casamentos eram feitos às pressas, até mesmo sem a presença de um rabino, para que o casal fugisse em direção à Rússia ou à Palestina. Um pai de quatro filhas dizia ser grato a Hitler, pois casara todas elas sem a necessidade de dotes.

E Madureira quase chorou

Haviam entrado no gueto, um a um, em momentos de distração daqueles que guardavam seus limites.

Cumpriram o combinado de se reagruparem no mesmo endereço onde faziam as reuniões do Bund local, depois procuraram um abrigo, receberam de bom grado o que havia na cozinha comunitária e aplacaram a fome.

Agora, era aguardar o próximo transporte, torcendo para que os alemães os considerassem aptos ao trabalho e assim serem mandados para Hasag, onde acreditavam que Marml estivesse. Do contrário, seria a deportação para o desconhecido, porém suspeitado.

11
1942 a 1944 – Hasag

Como planejado por eles próprios, Leibl, seu irmão Yankl e a cunhada Elka foram detidos e selecionados para o trabalho forçado na fábrica de munição da Hasag.

A chegada deles, em um grupo de mil prisioneiros, seguiu os mesmos passos de Marml: um número semelhante de prisioneiros saía pelos portões e, reunidos com os rejeitados do gueto em Skarzysko, eram mandados por trem para o campo de extermínio em Treblinka. Neste outono-inverno, já não havia mais ilusões do que significava a linguagem nazista de «relocação para o leste».

Na chegada à fábrica, homens e mulheres foram separados e, sob a mira de revólveres dos alemães e porretes dos ucranianos, intimados pelo comandante a entregar todo e qualquer valor ou joias, sendo então advertidos:

— Se na revista pessoal, for encontrado algum desses itens, a pena será aplicada imediatamente.

E com um sorriso sarcástico, o oficial acrescentava: "A morte não será o pior".

Ainda assim arriscavam. Por quê? Quando das primeiras levas de trabalho escravo, o Judenradt conseguia o resgate de alguém doente, por meio de propinas; ou, se algum prisioneiro conseguia fugir dos acampamentos, não raro se ouvia deles que capatazes poloneses aceitavam o escambo de alguma aliança ou dente de ouro por um pedaço de pão. Mas para os irmãos Leibl e Yankl, não havia decisões a tomar. Foram levados para o Werk C.

No Werk B ou C, as condições sanitárias eram assassinas. Para qualquer ser humano mandado à fundição ou à manufatura dos explosivos, se não morresse por inanição ou envenenados pelos gases dos materiais manipulados, o tifo se encarregaria da tarefa.

Tão logo Elka reencontrou Marml e relatou para onde tinham sido mandados os respectivos maridos, Marml arriscou seus privilégios o quanto foi necessário para conseguir que eles fossem transferidos para o Werk A. Mesmo estando em alojamentos separados, poderiam se ver na hora da distribuição da sopa.

Ainda que a estada no Werk C tivesse sido relativamente curta, viram um amigo da escola ser morto ao tentar fugir, outro ser levado ao campo de testagem e fuzilado, acusado de desviar munição para os *partisan*s, e vários outros atos de selvageria, como o de um *kapo* e um guarda

11
1942 a 1944 – Hasag

Como planejado por eles próprios, Leibl, seu irmão Yankl e a cunhada Elka foram detidos e selecionados para o trabalho forçado na fábrica de munição da Hasag.

A chegada deles, em um grupo de mil prisioneiros, seguiu os mesmos passos de Marml: um número semelhante de prisioneiros saía pelos portões e, reunidos com os rejeitados do gueto em Skarzysko, eram mandados por trem para o campo de extermínio em Treblinka. Neste outono-inverno, já não havia mais ilusões do que significava a linguagem nazista de «relocação para o leste».

Na chegada à fábrica, homens e mulheres foram separados e, sob a mira de revólveres dos alemães e porretes dos ucranianos, intimados pelo comandante a entregar todo e qualquer valor ou joias, sendo então advertidos:

— Se na revista pessoal, for encontrado algum desses itens, a pena será aplicada imediatamente.

E com um sorriso sarcástico, o oficial acrescentava: "A morte não será o pior".

Ainda assim arriscavam. Por quê? Quando das primeiras levas de trabalho escravo, o Judenradt conseguia o resgate de alguém doente, por meio de propinas; ou, se algum prisioneiro conseguia fugir dos acampamentos, não raro se ouvia deles que capatazes poloneses aceitavam o escambo de alguma aliança ou dente de ouro por um pedaço de pão. Mas para os irmãos Leibl e Yankl, não havia decisões a tomar. Foram levados para o Werk C.

No Werk B ou C, as condições sanitárias eram assassinas. Para qualquer ser humano mandado à fundição ou à manufatura dos explosivos, se não morresse por inanição ou envenenados pelos gases dos materiais manipulados, o tifo se encarregaria da tarefa.

Tão logo Elka reencontrou Marml e relatou para onde tinham sido mandados os respectivos maridos, Marml arriscou seus privilégios o quanto foi necessário para conseguir que eles fossem transferidos para o Werk A. Mesmo estando em alojamentos separados, poderiam se ver na hora da distribuição da sopa.

Ainda que a estada no Werk C tivesse sido relativamente curta, viram um amigo da escola ser morto ao tentar fugir, outro ser levado ao campo de testagem e fuzilado, acusado de desviar munição para os *partisan*s, e vários outros atos de selvageria, como o de um *kapo* e um guarda ucraniano que derramaram propositalmente a sopa escaldante no chapéu de um prisioneiro, para depois obrigá-lo a recolocar o chapéu na cabeça raspada. Os uivos de sofrimento somados às gargalhadas daqueles sádicos nunca deixariam Leibl em paz. Se o *kapo* Tepperman tivesse prestado atenção no olhar de Leibl, jamais teria cruzado novamente o seu caminho. Esses mesmos elementos entornavam o caldeirão da *kasha* e esperavam que os famintos lambessem o chão.

Parte da família, pelo menos, estava reunida. Consciente de que cada porção maior servida para um deles seria uma menor para outro detento, Marml navegava no conflito conforme podia. Para os lugares do marido e do cunhado, outros prisioneiros teriam de ser mandados. Mas qual era a alternativa?

Logo após a chegada dos Silberman à Hasag, ecos de uma notícia circularam: em Szydlowiec e outras três cidadezinhas havia um novo gueto. A necessidade humana de esperança para sobreviver contribuiu para que fosse bem-sucedido o estratagema de aglutinar os judeus, que porventura ainda estivessem escondidos. Os judeus caíram na cilada sem maiores esforços por parte dos alemães. No dia 13 de janeiro de 1943, os habitantes do novo gueto foram mandados para Treblinka e o *shtetl* de Szydlowiec deixou de existir para sempre.

Na Hasag, aquele núcleo familiar pressentiu a futilidade de uma volta a Szydlowiec. Não cogitaram a fuga, mas sofreram os danos colaterais ao serem acusados de ajudar e acobertar aqueles que se arriscaram. Leibl e Yankl apanharam muito, mas puderam ser cuidados por suas mulheres na enfermaria.

As notícias das primeiras derrotas alemãs alimentavam seus espíritos. E os eventuais copos de milho, cigarros e margarina, recebidos em troca dos seus trabalhos manuais, tão apreciados pelos funcionários e camponeses das redondezas, os mantinham vivos, ainda que isso lhes custasse preciosas horas de sono depois das 12 horas da jornada de trabalho.

Um grande cuidado era tomado para que essas trocas fossem esporádicas e em pequenas quantidades, a fim de não levantarem suspeitas dos capatazes. Uma robustez não usual entre os prisioneiros, ou um casaco em melhores condições que os demais, e seria o fim de todos os envolvidos nos escambos.

Com a ofensiva soviética vindo pelo Leste, os campos de concentração eram esvaziados. A mão de obra ainda útil era transferida para outros campos com as fábricas adjacentes. Quanto aos demais, simplesmente eram selecionados para eliminação por fuzilamento à beira de covas preparadas pelas próprias vítimas.

E Madureira quase chorou

Em julho de 1944, um mês antes da Hasag em Skarzysko ser abandonada, mais uma "seleção" foi feita junto ao portão por onde todos passavam a caminho do trabalho. No grupo, um alto e outrora vigoroso companheiro do Bund, Pinik Krull, machucado na fundição, portanto considerado inútil, era levado em direção à floresta e ainda gritou:

— Judeus! Eu sei para onde nos levam! Que sejamos nós as últimas vítimas! Se vocês sobreviverem, não se esqueçam de nós!

Marml e Elka foram enviadas a Auschwitz. Leibl e Yankl, a Buchenwald e Schliven.

12
1943 – "Seu Bensamin"

O calor do verão carioca já se fazia sentir, ainda que fosse outubro. E o terno de casimira com colete, tudo encimado pelo chapéu, era o menor dos problemas a ser enfrentado.

Benjamin se tornara querido pelos fregueses. Foi, inclusive, convidado para ser padrinho de Zezinho, criança adotada por um deles ao ver o recém-nascido quase ser jogado numa lata de lixo.

O menino estava prestes a completar 6 anos quando o padrinho lhe prometeu de aniversário um relógio de pulso. Como tempo e espaço são incompreensíveis para uma criança, a cada visita de Benjamin à sua casa Zezinho perguntava:

— Seu Bensamin, trouxe relócio, trouxe relócio?

Da terceira vez que lhe foi dito que só receberia o presente na data do aniversário, retrucou:

— Seu Bensamin não trouxe relócio? — E já em voz baixa e grossa como quem faz segredo de macho, acrescentou: "Viaaaado".

Ainda que nem todos estivessem com os pagamentos das prestações em dia, não deixavam de comprar os cortes de tecido ou as pequenas joias. Tinham sempre uma limonada pronta e muitos conselhos a oferecer. Com alívio, Benjamin aceitava o refresco, mas geralmente não era fácil se desvencilhar dos conselhos.

Mostravam revistas e insistiam com ele, por não entenderem as cores escuras e o peso dos tecidos que usava no dia a dia, mesmo depois de tantos anos vivendo nos trópicos. Os tecidos que vendia eram para as festas de debutantes das filhas, formaturas ou casamentos dos filhos, enfim, para as grandes ocasiões de família, mas por que Benjamin não fazia novas roupas, mais apropriadas ao clima do Rio? Inútil repetir que não se sentiria bem, então decidiu dar a desculpa de que precisava economizar. "Imagina se soubessem que eu não saio de casa sem uma camiseta por debaixo da camisa", pensava ele.

Mas naquele dia, particularmente, imaginou-se na sua Szydlowiec de chapéu Panamá, terno de linho branco, como sugerira dona Florzinha. Sentiu o estômago apertar. Isso o fez se lembrar daqueles senhores estranhos que às vezes apareciam dizendo estar à procura de moças judias para serem noivas de ricos judeus na Argentina. Sempre tinham um relógio de ouro no bolso do colete. Hoje sabia a verdade. As meninas, sempre oriundas de famílias pobres, eram aliciadas depois de chegarem ao Brasil e levadas para a zona do meretrício do Rio de Janeiro e de Buenos Aires. Sem recursos e sem passaportes, não tinham alternativas. Ficavam marcadas. Eram chamadas «as polacas». Conhecera de perto uma delas quando foi levado por dois amigos, poucos meses depois de chegar ao Rio. Quando morriam, nem sequer podiam ser enterradas junto a outros membros da comunidade. Eram putas. Assim como os suicidas, elas não eram enterradas no chão, considerado sagrado, e sim junto aos muros do cemitério israelita. Ouviu falar que havia um cemitério em Inhaúma para elas.

Depois dos conselhos sobre as roupas que vestia, clientes mais próximos partiam então para outro assunto: a procura de uma namorada para o "alemão". De nada adiantavam as inúmeras explicações de que não era alemão. Explicava, inclusive, que essa brincadeira quase lhe custara a vida, pois a molecada da rua, ao ouvir que o chamavam de alemão, quis bater nele, e se um freguês dali de perto não intercedesse, pode-se imaginar o que poderia acontecer.

Tinha perdido a conta de quantas sobrinhas muito bonitas e prendadas os fregueses haviam oferecido para uma apresentação. O assunto se tornava mais frequente à medida que seu aniversário de 26 anos se aproximava. Sabia para onde a conversa da hora do jantar seria conduzida. Já saldara as dívidas com o tio, pôde fazer o conserto do telhado da casa da mãe antes que o inverno de 1939 chegasse e, havia algum tempo, tinham sido suspensas as remessas para que sua mãe viesse juntar-se a ele porque os portadores já não aceitavam a missão. Quitara a dívida com a Sociedade de Empréstimos que lhe permitira comprar as primeiras mercadorias. Agora fazia as compras com seu próprio capital e, desde que a pequena Esther Majowka nascera, alugava o quarto da frente com uma das entradas independente da casa, que na ocasião, por sorte, ficara vago.

Tia Clara chorava com muita frequência. Ela o abraçava como que se conectando com sua irmã Bajla e com todos os demais membros da família, de quem não tinha notícias desde o início da Guerra. Logo que se desculpava pelo choro, a pergunta vinha, incansável como um reloginho: quando concordaria em ser apresentado a alguma jovem de boa família, da comunidade?

Mas havia Marml. Sete anos já haviam se passado desde sua vinda para o Brasil. Tivesse ele permanecido na Polônia, estariam casados? Provavelmente, sim. Como saber? Tinha um imenso carinho por aquela que foi a primeira menina com quem trocou confidências e até alguma intimidade. Partiu sem compromissos firmes. Afinal, tinha ela apenas 15 anos. Mas ainda se sentia de alguma forma ligado a Marml. Não saberia dizer se isso era amor.

E Madureira quase chorou

Em maio último, as notícias dos jornais davam conta de que em Varsóvia houvera uma feroz resistência dos judeus habitantes do gueto. Saber que o quartel-general daqueles heróis tinha sido a Rua Mila número 18 o deixara num misto de culpa e perplexidade. Não havia indícios de sobreviventes, visto que um adolescente enrolado em uma bandeira azul e branca se jogara do telhado, lançando o último *coquetel molotov* no tanque alemão, para, então, reinar o silêncio.

Teria havido um gueto em Szydlowiec? Resistência? Já fazia 4 anos que não recebia um único bilhete, carta, ou qualquer tipo de comunicação.

"O que mais eu poderia ter feito para tirar todos de lá?", perguntava-se, remoendo o sentimento de impotência.

13
1944 – Mandja

Com horas sobrando de muito sol ameno e as compras de mercadoria suficiente, havia tempo para trocar de roupa e tomar um banho de mar. Por vezes, este era na companhia de Rachmil (Ramon) ou dos primos, que já não demandavam os cuidados de crianças pequenas. Já Huna (Henrique), recém-casado com Thereza, vinha dando nos seus nervos – não perdia uma ocasião de trazer para os passeios alguma prendada amiga solteira da mulher e, a cada recusa de levar adiante um possível romance, os inescapáveis comentários: "Está esperando o quê? Já se deu conta da sua idade? Não demora, começarão os comentários sobre o que há de errado com o solteirão. Quem você pensa que é, o herdeiro do Rei Casimiro?"

O distanciamento físico da família, dos amigos e da namorada deixados na Europa só se tornava uma fratura exposta revelada nos pesadelos noturnos, quando a descrição dos jornais sobre o que ocorria em toda a Europa, e especialmente na Polônia, se misturava às feições das pessoas queridas que ficaram lá. Desde que soube que nada do que se enviava a Szydlowiec chegaria às mãos dos destinatários, ele tirou de sua rotina a parada obrigatória no escritório de remessas. Talvez, quem sabe, pudesse enviar para Varsóvia, pelo JDC (Joint Distribution Comitee).

O pavor de ser deportado por falta dos documentos de residência permanente não mais o atormentava, e não mais temia ser abordado por fiscais dos vendedores ambulantes, pois no bolso do paletó, bem juntinho ao seu corpo, estava toda a documentação necessária para trabalhar. Suas dívidas estavam quitadas, era com orgulho que participava das despesas da casa que o acolhia, cumpria as suas obrigações com a comunidade em geral e em breve começaria a juntar economias. Sorria ao pensar que em mais alguns meses poderia tirar um ou outro domingo de folga e participar de piqueniques do Clube Judaico na Quinta da Boa Vista, que o fariam reviver os passeios em Sodek.

Fora abordado mais de uma vez por estudantes universitários judeus que frequentavam os cafés da Praça Onze para que entrasse no que chamavam "luta pela igualdade de classes". Não queria nem sequer ouvir os argumentos e com enorme paciência dizia apenas que lhes desejava boa sorte. Explicava o quanto se empenhou, na adolescência, por esse ideal, mas que no momento não podia. Quem sabe, quando houvesse alguma programação em iídiche? Aqueles rapazes e moças estavam engajados no que um

E Madureira quase chorou

dia ele também acreditou cegamente, mas hoje não se sentia tão seguro assim. Seria inútil dizer que *Holodomor* e os relatos de Isaac Babel no livro *A Cavalaria Vermelha* significaram um divisor de águas nas convicções políticas de muitos *idn*. Ou que aquilo que no momento o martirizava era a sorte dos que ficaram para trás na Polônia. Precisava de engajamento político *vi a loch un kopp*.

Se havia uma pessoa a quem Benjamin ouvia como a um oráculo, era a calada e discreta tia Clara. Mas quando ela sugeriu que começasse a frequentar os bailes do Azul e Branco e do Cabiras, clubes sociais judaicos, sabendo que um dia ele gostou de dançar, entendeu que não era apenas um comentário inconsequente, pois vinha de alguém que o amava profundamente. Nunca teve dúvida de que sua mãe tivesse feito algum comentário, à tia Clara, sobre sua vida antes da vinda dele para o Brasil, incluindo-se aí seu relacionamento com Marml. Sofreram e sofriam juntos o desaparecimento da família; claro, tio Boris também, só que a disciplina de alguém que servira a um exército não admite maiores demonstrações de dor; e com disciplina dividira aqueles momentos. Tio Boris dedicava à Sociedade Szydlowiec muitas horas do seu dia e, até o início da Guerra, empenhara-se em trazer mais membros de sua família, sem muito sucesso, ainda que agora soubesse que um irmão havia conseguido chegar a tempo aos Estados Unidos.

O grupo de moças e rapazes foi se formando ao longo da linha de trem nas estações de Marechal Hermes, Bento Ribeiro, Madureira e Cascadura. Chegando à Central do Brasil, pegariam alguma condução para o Passeio Público, onde seria o local da festa naquele sábado. O anúncio do evento teve destaque na revista semanal de assuntos judaicos, não só porque a renda obtida na venda dos convites seria revertida para o banco de auxílio a imigrantes, mas também por ser promovido no sofisticado Automóvel Clube do Brasil.

A devoção com que os líderes comunitários, entre imigrantes e filhos de imigrantes, trabalharam para o brilho da festa, requisitando no próprio meio a orquestra sob a liderança de Waldemar Szpilman, trouxe bons resultados. Quando o grupo chegou, o centro do salão dedicado à dança já estava cheio.

Não era difícil ver a influência do cinema na indumentária ou no corte de cabelo dos presentes. Os rapazes se dividiam em Humphrey Bogarts, James Stewarts e Henry Fondas; e as jovens, em Rita Hayworths, Kathryn Hepburns e Ingrid Bergmans. Nenhum deles queria ser identificado como um europeu provinciano, mas ainda era impossível para os recém-chegados ao país não fazer uso do *mamelushen*.

Percebendo que a animação diminuía, a orquestra resolveu mudar o ritmo e experimentou um tango com os instrumentos disponíveis. Os tons manhosos da música fizeram algo mexer em Benjamin e, pela primeira vez, depois de um tempo para o qual não há medida, sentiu vontade de dançar. Precisava de uma parceira, mas no grupo com que viera, não a achou. Circulou os olhos pelo salão e foi interceptado por duas jabuticabas curiosas. Não entendeu se era para ficar onde estava ou avançar em sua direção. Decidiu ir em frente, estendeu a mão como convite à dança, que ela aceitou avisando que não sabia dançar.

Se estivesse em pleno controle de suas emoções, ficaria aborrecido por sentir que o bico do seu sapato novo estava sendo destruído, mas ficou feliz de saber que a menina não mentira. Quantos anos ela teria? Adoraria ensiná-la. Porém, aquele segmento acabou e não havia jeito; teria de devolvê-la às suas companheiras e não encontrava coragem para perguntar seu nome.

A resposta veio tão rapidamente quanto os comentários jocosos dos rapazes do grupo: "Ela se chama Miriam e não é para o seu bico!". As moças, igualmente mordazes, disseram que se tratava da "Princesa de Bodzentyn", referindo-se ao *shtetl* de onde sua família viera.

A noite ainda aguardava um acidente que, se não foi a solução para uma aproximação entre Miriam e Benjamin, certamente fez com que ela também prestasse atenção nele: uma de suas amigas, ao pousar o pé num dos degraus na saída, rolou escada abaixo deixando a saia levantada e a calcinha à vista. Benjamin percebeu que a *minoudière* tinha sido arremessada à distância, correu para pegá-la e, sem pensar, pousou a minúscula bolsa em cima do *derrière* da infeliz, como que protegendo sua privacidade. Ao notar que toda a gente o fitava perplexa, fugiu pela calçada na direção onde o grupo tomaria a condução de volta à estação de trem.

Talvez devesse esquecer aqueles instantes, sim, ainda que o rosto e a presença de Miriam não o deixassem nunca mais. Voltou no vagão ainda mais calado do que estivera na ida. Seria o último a saltar e não via hora de estar só e pensar como fazer para revê-la.

Já era tarde ao chegar à Rua João Vicente. Temeu que os cães dos vizinhos fizessem algazarra na sua chegada, entrou fazendo o possível para não acordar Ita e Saul e ficou surpreso de ver tia Clara o esperando sentada à mesa com o seu eterno chá. Não teve dúvida de que a sua curiosidade quase infantil não a deixara dormir: "E então? Se divertiu?"

Era impossível que ela soubesse o que acontecera, e de fato não sabia. Mesmo assim, munida de um fôlego e faro maternos, continuou:

— Quem é a sortuda?

Ao tio Boris, coube a tarefa de, em sua habitual ida à cidade às segundas-feiras, deixar o recado com uma *shadchente*, chamada Etl, para que viesse a um encontro com sua mulher, 2 dias depois, na hora do chá na Casa Cavé. Ao ser perguntada onde deixar o recado, respondeu que não sabia, mas que todos os comerciantes da Rua Senador Eusébio teriam a resposta.

Informada do nome da moça e sabendo que a família era originária de Bodzentyn, Clara Majowka rumou para o centro da cidade ao encontro da *shadchente* convocada para a missão.

Tia Clara não esperava que a casamenteira soubesse, em questão de segundos, de quem se tratava. Como qualquer bom profissional, seu "controle de estoque" era impecável, com uma ficha imaginária para cada solteiro em seu analítico radar. No caso da moça em questão, o fato de não ter ainda completado 18 anos era um dos motivos de nunca ter levado candidato algum ao temido Senhor Jacob e à dona Regina, pais da pretendida. Na sua lista, Miriam era o trunfo maior, por sua beleza e pelo refinamento raro entre os recém-imigrados. Tentou sugerir outras possíveis candidatas, talvez mais apropriadas para o tal sobrinho. E Clara, ao ouvir a insinuação, sem a menor pressa, ainda com os resquícios da alegria que aquela missão lhe proporcionava, já recolhendo as luvas e bolsa, pediu desculpas a Etl, por ter-lhe dado uma incumbência além de sua capacidade. Foi o que bastou para Miriam voltar a ser a razão do encontro.

Ficou combinado um segundo encontro, no qual a resposta dos pais de Miriam e os demais detalhes seriam acertados. Antes das despedidas, tia Clara não resistiu e quis saber um pouco mais sobre a responsável por fazer Benjamin agir de maneira tão peculiar desde o fim de semana. Etl, com um sorriso mordaz, teve a sua revanche:

— Seu sobrinho tem muito bom gosto.

E nada mais.

*

Como ondas do mar que empurram para a areia o que encontram pela frente, a entrada da então União Soviética e dos Estados Unidos na Guerra trazia a esperança de que a Alemanha nazista fosse derrotada a tempo de salvar a família e amigos. Mas as notícias da destruição do gueto de Varsóvia, de Lodz e de todos os demais, ainda no ano anterior, foram como aquelas mesmas ondas que, ao retrocederem, carregam para o fundo as esperanças que porventura Benjamin ainda tivesse.

Se havia algum consolo, era de que vovó Esther não estava viva para sofrer os infortúnios de aprisionamento num gueto, fome, deportação e o que mais viesse a acontecer. Os familiares deixados para trás teriam conseguido se refugiar nas florestas, junto aos *partisans*? Teriam seguido para a Palestina ou, quem sabe, para a Rússia, que fosse? O

E Madureira quase chorou

primo Schmuel era do Exército Polonês e talvez pudesse ter levado todos a algum lugar seguro.

Benjamin queria distância da política; nos primeiros meses de sua chegada, a presença de integralistas, suas paradas e saudações semelhantes às hitleristas deixavam-no nervoso, mas com a entrada do Brasil na Guerra contra o eixo, esse tipo de evento terminara, ao menos ostensivamente. E muito embora as notícias vindas da Europa continuassem um tormento, agora resvalavam num homem que assobiava com a chegada dos fins de semana por saber que encontraria sua noiva.

Etl conhecia o seu *métier* e cumpriu seu papel à risca: foi a Marechal Hermes, sem avisar, para dizer que os pais de Miriam, a quem só se referiam como Mandja, concordavam em conhecer os tios de Benjamin antes de dar permissão para este namorar a filha. Se a casamenteira tinha alguma opinião sobre aquele *shiduch*, guardou-a para si porque nada lhe foi perguntado sobre isso. Aliás, pior, ouviu a insinuação de que era incompetente para a tarefa. Para dona Clara, não interessava nada além da alegria do sobrinho; "só D'us sabe o quanto precisa". Para o senhor Jacob, seria um alívio não mais se esconder atrás de árvores, como fazia na saída do Ginásio Hebreu Brasileiro ou do curso técnico de Contabilidade, com o permanente pânico de que Mandja fosse seduzida por algum estranho.

Para a filha do Sr. Jacob, as coisas só pioravam, à medida que elogios eram feitos a seu respeito, culminando quando uma vizinha muito querida da Rua Sampaio Ferraz, no Estácio, resolveu só chamá-la de Tereza. Seu pai pediu a Fayga Ryfka – como chamava a sua mulher, Regina – que fosse saber do que tratava aquela novidade. Não foi encontrado traço algum de humor no casal ao ouvir que a filha era tão linda quanto a Santa Terezinha de Jesus. Casar-se e sair de casa seria para Mandja uma libertação e aquele rapaz bonito que dançava muito bem e que tinha sido tão piedoso com a amiga, ainda que sem muito senso prático, certamente era uma ótima pessoa. Quanto àqueles sapatos horrorosos que usava, nas próximas festas, ela pisaria na biqueira deles ainda com mais força para destruí-los o mais rapidamente possível.

*

Com a data marcada e quase todos os detalhes por conta dos pais da noiva, restava ao noivo planejar a viagem de lua de mel e comprar o traje para o grande dia, quando ouviu do tio que a ocasião merecia uma visita a um ateliê de alfaiataria de primeiríssima, onde encontraria o tecido adequado ao clima do Rio e revistas importadas de moda masculina para a escolha do modelo apropriado para a ocasião.

E Madureira quase chorou

Benjamin estranhou que o endereço não pertencesse ao Centro, perto da Rua do Ouvidor ou Gonçalves Dias, mas confiava nos conhecimentos do tio sobre o assunto, que não poderia ter sido mais claro, tanto para as credenciais como à recomendação de, diferentemente dos hábitos locais, em hipótese alguma chegar atrasado. Já esperando uma conta "salgada", rumou para as cercanias da nova Praça Onze, agora dividida pela larga Avenida Presidente Vargas.

Não saberia dizer se quem abriu a bela porta de madeira e ferragens de bronze do casarão era homem ou mulher, se alto ou baixo, branco ou preto. Só via um guarda-pó que trazia seu nome escrito – seria isso alguma brincadeira de mau gosto de Rachmil e Huna? Passados alguns instantes e percebendo a expressão confusa daquele novo cliente de olhar fixo no bordado do bolso esquerdo, o assistente apressou-se em dizer que seu nome não era aquele, mas não se importava em usar o que sabia ter sido um acessório de outro assistente: "coisas do passado dos patrões", esclareceu. Estendeu a mão com simpatia, desenvoltura e traquejo social e encontrou uma flácida, fria e inerte. Estaria tio Boris metido nisso? Ele sabia sobre o estágio em Varsóvia, mas não se lembrava de ter comentado sobre os magos – fora Tio Yuma que fizera a indicação.

Ainda não havia se sentado, não haviam lhe trazido o copo de refresco oferecido pelo portador do jaleco, nem sequer notara que o salão onde se encontrava era uma cópia do salão da Rua Mila, quando os irmãos magos, seus patrões dos tempos de Varsóvia, entraram pela porta lateral.

Sim, acabaram fixando residência em Paris, cidade onde haviam planejado desfrutar prolongadas e mais do que merecidas férias. Entretanto, com trabalho suficiente no mundo da moda e do entretenimento, mas com os nazistas às portas, não queriam permanecer na Europa; seus pais não estavam mais vivos e eles não mais precisariam fazer as esporádicas visitas à Polônia, explicavam alternadamente David e Natan. Naquela tarde de inverno carioca, quando muitas ruas estavam enfeitadas com bandeirolas coloridas e ao som casual de rojões, Benjamin ouviu dos mestres alfaiates a sucessão dos fatos que os trouxeram ao Rio de Janeiro.

Graças aos seus amigos do meio artístico de Varsóvia, pouco antes da invasão alemã à França, foram informados de que possivelmente três pessoas os ajudariam com os vistos para Portugal ou Brasil. Uma delas, consideravam mais problemática, pois teriam de se deslocar para Hamburgo – era lá que a dona Aracy Guimarães Rosa trabalhava, no setor de passaportes do consulado brasileiro. Se quisessem ficar em Lisboa, que procurassem o cônsul português na Antuérpia, Aristides Sousa Mendes. "No caso de vocês, creio que o embaixador brasileiro Luiz Martins de Souza Dantas seja a melhor opção, uma vez que todos

E Madureira quase chorou

já estão em Paris", escreveu em carta o ator e diretor teatral Zbigniew Ziembinski.

A hora habitual destinada à primeira visita de um cliente se estendeu até que os balões juninos, tão apreciados por Benjamin, começassem a subir, fazendo uma festa para seus olhos e coração e levando para os céus quaisquer resquícios de dúvida e medo que porventura restassem no peito desde aquele setembro de 1936, quando em vão ficou esperando um chamado para retornar ao trabalho.

E agora não deixava de ser curioso ele ser cliente dos antigos patrões. Até mesmo a diferença nas idades parecia ter encurtado. Traria um convite para o casamento na semana seguinte, por ocasião da primeira prova. Afinal, as demais visitas de clientes com hora marcada para encomendas tinham sido transferidas às pressas, e as visitas para provas foram feitas pelo assistente carioca, o "usurpador do guarda-pó", pensava sensibilizado Benjamin.

Com tanto o que falar e contar, ainda não seria naquele dia a explicação de que, ao meio da afobada preparação das bagagens para a França, simplesmente acondicionaram os guarda-pós limpos sem atentar para os monogramas. Ao descobrirem o engano, decidiram que eram parte de suas histórias, assim como as fotos do pai com seus clientes famosos ou mesmo o estilo e a disposição do ateliê.

Ao chegar a Marechal Hermes com o jantar já à mesa, antes mesmo de lavar as mãos ou pedir explicações sobre a recomendação dos alfaiates, Benjamin precisou sanar a curiosidade da família sobre os *Mishigne Varsheves* (malucos de Varsóvia). Para sua surpresa, tia Clara e tio Boris não os conheciam pessoalmente.

O casamento realizou-se no dia 27 de agosto, pouco mais de 1 mês após a noiva completar 18 anos. Para animar ainda mais a festa, além da orquestra de Waldemar Szpilman, a liberação de Paris 2 dias antes trouxe, se não ventos de esperança, ao menos brisas de que o inferno europeu chegasse logo ao fim e notícias dos entes queridos começassem a chegar. Esse era o pensamento da maioria dos presentes ao evento.

Por alguma razão desconhecida, não havia um fotógrafo disposto a trabalhar no domingo e a ausência só foi redimida alguns meses mais tarde, quando Mandja, esperando a primeira criança, foi com Benjamin a um estúdio onde posaram vestidos como no dia de suas bodas. Isso deu ensejo para que ele, alguns anos mais tarde, com o seu quieto e imprevisível humor, dissesse para a doméstica que elogiava os patrões enquanto espanava a moldura do retrato:

— Sabe, minha filha — como bem era sua característica de iniciar uma conversa —, ela estava grávida quando essa foto foi tirada.

A jovem dona Miriam nunca mais foi a mesma ante os olhos daquela moça.

14

1945 – Em busca do reencontro

Para se certificar de que aquele era o ponto de encontro aprazado, não havia outra escolha a não ser revisitar os minutos sinistros que antecederam o embarque no trem de gado; entre os gritos em alemão dos comandantes, as risadas guturais dos moradores dos vilarejos vizinhos, os latidos dos cães prontos para o ataque aos recalcitrantes, Marml ouvira claramente a voz de Leibl gritando: "Se sobrevivermos, nós nos encontramos em Szydlowiec, no cemitério". Naquele momento ainda não sabiam para onde estavam sendo levados; se para outro campo de concentração ou se para um campo de extermínio.

Marml recebera a responsabilidade, ou mesmo a ordem, de sobreviver, dada por seu pai. Sabedor da força interna da filha, ele deu a tradicional bênção dos sacerdotes antes que ela fosse empurrada num comboio a caminho de Skarzysko, com a identidade da irmã.

Ela cumprira o que lhe fora ordenado: sobrevivera ao trabalho escravo em Hasag, Auschwitz, mas agora, com os soviéticos e americanos avançando, naquela noite escura de primavera, as mãos escravas estavam sendo arrastadas a Leipzig para continuar o esforço de guerra alemão, já naquele momento sabidamente inútil. A viagem foi feita a pé, numa das chamadas "marcha da morte", sentiu que estava sendo vencida pelo frio, a fome e a exaustão.

"Levanta!", gritos como esse, a uns 200 metros dali, seguidos por súplicas de piedade e tiros, fizeram com que os guardas mais próximos dela e de Elka corressem para a dianteira a fim de manter a ordem e o ritmo dos prisioneiros. Marml instintivamente aproveitou a oportunidade e empurrou Elka para fora da formação, ambas correram em direção à floresta e ficaram imóveis até que todos os prisioneiros e guardas passassem. Ainda era noite quando avistaram à distância um madeirame semelhante a um estábulo. Verificaram que estava abandonado e desfaleceram num resto de palha. Nunca souberam quanto tempo dormiram ou permaneceram desacordadas.

Dois soldados, quase adolescentes, um falando inglês e o outro como intérprete, ao verem as duas jovens, temeram assustá-las. Quase sem cabelos, as maçãs do rosto escondendo os olhos, elas pareciam dois animaizinhos recém-nascidos e abandonados, encolhidos para se manterem aquecidos.

E Madureira quase chorou

Esperaram o quanto foi possível, pois estavam em ronda. Com cuidado, contaram que a guerra estava terminada e que seriam levadas a Leipzig, onde seriam ministrados os primeiros socorros e receberiam uma refeição ligeira antes de serem encaminhadas a um hospital para recuperação.

Ainda dentro do transporte, os jovens soldados lhes ofereceram uma pequena barra de chocolate, que foi dividida e recebida com gratidão. Eram crianças cuidando de adultos fisicamente frágeis.

À medida que se aproximavam de Leipzig, já sentiam o cheiro do inferno, tão semelhante ao do lugar de onde vinham. Reconheciam aqueles espectros. Era como se estivessem olhando para um espelho. Ficaram paradas sem saber o que fazer: procurar os maridos, os parentes? Queriam ser vistas naquele estado? Queriam vê-los nesse estado?

Durante todo o tempo em que esteve escravizada e mais mal tratada do que um animal de carga, as palavras de despedida de seu pai nunca a abandonaram e Marml jamais se esqueceu de onde viera, de quem ela era ou de seus valores. Contudo, não poderia ter sido mais prosaico o instante em que voltou a sentir-se humana: estava a caminho do dispensário de roupas limpas, quando um oficial americano abriu e manteve a porta livre para que ela entrasse. Com um cobertor nos ombros, deu seu nome ao oficial que fazia a triagem e assustou-se ao dar o nome da irmã. Nunca mais poderia ser simplesmente Miriam, Marml. Nos documentos oficiais, Maria Guitla.

Ainda atordoada, confusa, ouvia as vozes de enfermeiras indicando que deveriam iniciar a alimentação com pequenas porções de alimentos. Seus olhos não paravam de varrer à volta e as pernas já andavam à revelia, quando percebeu uma figura que parecia ser seu irmão mais velho. Mas ele não a viu porque não tirava os olhos da comida e, num moto contínuo, levava a colher à boca, gargalhava, comia, ria novamente, até que, com a colher ainda suspensa, seus olhos miraram o céu e ele estremeceu num esgar, sucumbindo à morte.

Marml não reage. Vê o corre-corre das enfermeiras, a maca, sente Elka puxando seu braço, mas se recusa a se mexer como se tivesse os olhos vendados, algodão nos ouvidos, assim ficou. Pediu que a deixassem a sós e foi obedecida. Sequer se mexeu quando removeram o corpo.

O hospital relutara em deixá-la sair. Imploravam para que esperasse um pouco mais para que desse chance aos médicos de tratarem sua coluna. As intermináveis horas nas linhas de produção de munição sem equipamento apropriado, sem descanso ou alimentos mais ricos em gordura que a protegessem dos gases venenosos e mesmo sem óculos de proteção, deixariam outras sequelas além das dores.

Ainda que soubesse que os médicos estavam certos sobre a necessidade de tratamento, decidiu sair dali tão logo voltasse a ter cabelos e recobrasse as forças. Olhando à sua volta, via mortos-vivos e tentava enxergar neles alguma centelha de esperança. Seriam capazes de amar novamente?

Observadores atentos perceberiam que muitos daqueles sobreviventes estavam apenas tecnicamente vivos – por assim dizer –, pois suas almas já não estavam mais ali, abandonaram seus corpos. Alimento, higiene e roupas limpas seriam suficientes para reavivá-los? Tinham visto, sem que nada pudessem fazer, seus familiares sendo fuzilados, despindo-se, marchando em direção às câmaras de gás ou abatidos pelo tifo.

Para Marml, prosseguir era uma missão. E o marido? Conhecia o espírito de Leibl, suas habilidades e a força com que encarava a vida dura que tivera na Polônia. Tinha todas as qualidades necessárias para sobreviver ao inferno, para onde quer que tenha sido levado. Mas e seu espírito? Teria sido destruído?

A cada dia em que as listas de sobreviventes de outros hospitais – e já de alguns dos campos de refugiados – eram afixadas nos quadros de aviso, ela se aproximava para conferir os nomes, com a respiração suspensa.

Não demorou muito para que o nome aparecesse numa lista de sobreviventes de Buchenwald: Leon Silberman,

Szydlowiec. Fora libertado pesando 50 quilos. Não esperou pela alta. Ele e o irmão haviam caminhado juntos até sua cidade, em busca de Marml e Elka.

*

Marml e Leibl entraram no vagão com cuidado, olhando em volta. Mal tiveram tempo de comprar os bilhetes. Queriam ter certeza de que não estavam sendo seguidos. Não demorou para que compreendessem que os ocupantes de sua casa e das casas de toda a família, individualmente, eram covardes. Não os seguiriam.

No curto trajeto para Radom, decidiram que nunca mais colocariam seus pés na Polônia.

Sim, o país que fora invadido pela Alemanha nazista estava na esfera de influência soviética, quisessem ou não. Nos *shtetls*, a maioria das populações locais fora cúmplice e, individualmente, colhia as benesses sob a forma de casas, móveis e roupas daqueles enviados à morte, e ai daqueles sobreviventes que se atrevessem a voltar aos seus lares. Novos *pogroms* se seguiriam.

As famílias Silberman e Broman eram testemunhas das traições por dinheiro e da bestialidade com que os prisioneiros foram tratados pelos locais, ainda que não estivessem a serviço dos alemães.

E Madureira quase chorou

Agora, quanto mais cedo abandonassem o sonho da volta para casa, mais rápido achariam um caminho a seguir.

O vagão onde estavam ainda não havia chegado à estação para fazer o transbordo e já se punham de pé. Ficariam ali somente o tempo necessário para a conexão com Varsóvia, a caminho do campo de refugiados em Föhrenwald, no setor americano da Alemanha. Não sabiam se estavam aliviados, exauridos ou anestesiados pelos últimos eventos no lugar onde nasceram e foram criados.

Comentaram o fato de que, agora, avistar uniformes militares os tranquilizava, e estes se multiplicavam. Todos andavam apressados, e raros os que não traziam marcas da Guerra no corpo. A estação estava intacta. Marml não tinha reparado nesse detalhe quando veio sozinha em busca do companheiro. Agora, sob outro olhar, não era difícil entender o porquê: o sistema ferroviário era de suma importância para fornecer mão de obra à infernal indústria alemã de guerra, assim como os trens foram uma parte da logística dos campos de extermínio e da estratégia da "solução final" para os judeus. Todos chegavam de trem, quer fosse para morrer imediatamente nas câmaras de gás, quer fosse para morrer aos poucos, como escravos, de fome, frio ou exaustão.

Não puderam ir à Prefeitura saber se algum conhecido alistado no Exército Polonês havia sobrevivido. Teria sido inútil procurar ali pelos parentes. Difícil acreditar que estivessem a salvo, pois eles mesmos quase foram trucidados quando tentaram voltar para suas casas depois da Guerra.

A todo momento apalpavam seus salvo-condutos, guardados bem junto ao corpo. Que ironia! Suas identidades dependiam das autoridades alemãs e da documentação de Auschwitz e Buchenwald, seus últimos paradeiros antes da liberação pelos Aliados, e o campo mais próximo era justamente na Alemanha.

Em todos os documentos de Marml, o nome de Guitl continuaria sendo seu nome oficial. Para ser hospitalizada, sair do hospital, para entrar depois no campo de deportados ou para receber ajuda e poder viajar para a França, até mesmo para receber indenização pela escravidão a que fora submetida, só seria possível sem usar seu nome de nascença.

Compraram os dois bilhetes e Leibl se deu conta de que precisavam de algum alimento até chegarem ao destino. Não sabiam como seria o processo de entrada de um casal num campo de refugiados. Ficou na dúvida se deveria deixar Marml sozinha enquanto procurasse alguma padaria, mas era necessário. As duas bolsas, ainda que leves e pequenas com seus pertences, os fariam andar mais devagar e preferiam não gastar o pouco que tinham com o guarda-volumes.

E Madureira quase chorou

A viagem não seria longa. Ainda assim, estar num trem lhes dava pesadelos. Não queriam adormecer, mas o hábito de falar, conversar, trocar ideias, ou mesmo planejar um futuro juntos, ainda era fugidio. Tinham de admitir que havia certa cerimônia entre eles. Por outro lado, o silêncio de Leibl era penoso para Marml, e o novo hábito de fumar fazia com que seu marido parecesse alguém desconhecido.

Quantas vezes, na fábrica de munição, ainda recém-casada e separada do marido, ouvia o seu cantarolar; olhava em volta para ter certeza de que não enlouquecera! As companheiras olhavam assustadas para ela. Sacudia com força a cabeça e o barulho ensurdecedor das prensas no metal voltava. Agora, porém, desde o reencontro, não ouvira música alguma na voz de Leibl.

Mais uma vez, foram arrancados de Szydlowiec. Continuavam não sendo donos de suas vidas. As mãos entrelaçadas eram tudo o que tinham nesse momento para sentirem um pouco de paz. Cada um acariciava o rosto do outro em silêncio e velava enquanto o companheiro dormitava por breves e sobressaltados momentos.

— Marml, preciso contar uma coisa para você, mas, por favor, quando começar me deixe ir até o fim sem interromper.

A figura esquálida puxou do cigarro as forças necessárias para a confissão de que matara um homem. Marml não o interrompeu:

— Por meses, o *kapo* Tepperman tudo fazia para me provocar, começar uma briga e me ver morto pelo comandante do campo. Eu o avisei que se estivesse vivo ao término da Guerra, eu o mataria, e foi a primeira coisa que fiz com a ajuda de dois companheiros de barracão. Depois, fui em busca de comida, me lavei e, junto com Yankl, comecei a jornada à procura de você e Elka, como havíamos combinado.

Marml não suspeitava de que o maior tormento de Leibl não eram as suas memórias, mas sentir-se incapaz de proteger sua mulher e ser seu provedor. Os longos silêncios eram, em verdade, produto de uma voz perguntando lhe: "Então para que teria sobrevivido?"

Ele se enganava ao pensar que Marml se sentia infeliz. Sim, tinha chorado por horas quando se reencontraram. Anos se seguiriam até que tivessem compartilhado toda a trajetória desde aquele setembro de 1942. Chorou até os olhos ficarem cegos de lágrimas. No entanto, a cada minuto desde sua libertação, o amor pela vida voltava a crescer. Contava que, com um pouco mais de convivência, sua relação com o marido se solidificaria e a intimidade retornaria.

Talvez, então de uma vez por todas, conseguiria se libertar das fantasias de como teria sido diferente a sua vida no Rio de Janeiro com Bentzion.

*

E Madureira quase chorou

Por ocasião da volta ao Brasil dos pracinhas da Força Expedicionária Brasileira (FEB) após o término da Guerra, eram tamanhos o júbilo, a esperança e o agradecimento, que Miriam, em avançado estado de gravidez, permaneceu de pé junto ao Palácio Monroe à espera do fim do desfile, para, então, voltar à casa no Estácio.

O Sr. Gutman já se tornara conhecido de todos os funcionários da Cruz Vermelha, de todas as divisões. Desde o instante em que a Guerra na Europa terminou, nas tardes em que ia ao centro da cidade, caminhava com vigor em busca das listas dos sobreviventes antes de voltar para casa.

Com a chegada da primeira filha, resolveu dar ouvidos aos funcionários e, por vezes, esperava alguns dias até que os jornais publicassem as esperadas listas. Advertiam que, em muitos casos, sobreviventes não estavam ao alcance dos exércitos regulares e nem da própria Cruz Vermelha, portanto as informações imediatamente disponíveis não eram as mais exatas. Demoraria um bom tempo até que todos pudessem ser localizados.

Na verdade, por mais atrozes que fossem as notícias trazidas pelos jornais a partir de 1940, ninguém poderia entender o que ocorria nos guetos, nos campos de concentração ou nas florestas da Ucrânia e Países Bálticos, pela simples razão de que repórteres e jornalistas não eram poetas ou escritores, portanto, não dominavam uma linguagem que pudesse descrever o que se passava na Europa. Seriam necessárias metáforas, mais metáforas, e muitas outras mais. Talvez um Dante Alighieri pudesse dar conta de uma fiel descrição. Sem ela, permanecia a ilusão de Benjamin e de todos os demais de que seus entes queridos teriam sobrevivido, até que as fotos começassem a chegar às redações.

Com o vigor dos seus 27, quase 28 anos, o trajeto era feito em questão de minutos, tanto pela Rua Buenos Aires, onde comprava os tecidos, como pelo trajeto da Rua Regente Feijó, a dos ourives. Bem melhor do que aguardar alguns dias pelas tais listas.

Mas naquela segunda-feira seria a última vez que o porteiro, fazendo pilhéria carinhosa com o forte sotaque do agora seu amigo Benjamin, perguntaria se o trajeto do dia incluía "*o*" Rua Regente *Fijom* e se no almoço havia comido *fijom* com arroz.

Ao ver Benjamin cruzar o portão e entregar o crachá, o assíduo visitante voltava a ser Sr. Gutman por ainda muitos anos.

Tinha lido e relido as listas tantas vezes quanto necessário para ter certeza de que não havia dúvidas, de que não havia pulado nome algum. Estava claro que os nomes de Leon Silberman, Jacob Silberman, Malka Silberman, Elka Goldberg Silberman e Mania Guitla Broman estavam na lista de sobreviventes, entre alguns outros nomes conhecidos de Szydlowiec. Mas não Miriam Mania Broman, não a sua Marml.

15
1946 – Rumo a Paris

Os entrevistadores já tinham se retirado, deixando como presente uma boneca para a pequena Charlotte, prestes a adormecer nos braços do pai. Se dependesse de Leibl, a criança jamais iria para o berço – na verdade uma cesta de pão transformada pelos trabalhos de Marml. Desde que ela nascera, no iniciozinho do verão, Leibl não parava de cantarolar para a pequena e de escrever cartas.

Tudo começou com uma circular que dizia terem sido reativadas as Sociedades Szydlowiec na Palestina e nas principais cidades dos Estados Unidos, do Brasil, da Argentina e da França; pedia que sobreviventes entrassem em contato; amigos e familiares ansiosamente aguardavam notícias. Leibl recebeu de cada uma das sociedades a lista dos residentes, com os respectivos endereços, dispostos a ajudar no reassentamento dos conterrâneos. Ele, agora com mais tempo, examinou as diferentes listas, identificou os nomes que conhecia e escreveu para todas as pessoas listadas. Ou melhor, quase todas.

Yankl e Malka haviam partido para a França 2 semanas antes. Portanto, ainda estavam sem tempo de mandar notícias. A cunhada, que ainda tinha filhos pequenos, contava com familiares estabelecidos em Paris, e via com muito bons olhos a possibilidade de que o novo núcleo de parentes se juntasse a eles.

Dois amigos de Leibl, sobreviventes de Schliven e Buchenwald, não suportando mais viver atrás de arame farpado, fugiram com destino a Amsterdam.

Marml conseguia milagres naqueles 15 metros quadrados que um dia haviam sido um alojamento de soldados: no batente de sua porta de entrada, a *mezuzá* que um dia achara quebrada no percurso para a fábrica. A cortina feita com panos do dispensário e as gravuras produzidas pelos órfãos da escola atenuavam o aspecto desolado do ambiente, onde havia um beliche e uma mesinha tosca. Todos que vinham fazer as avaliações de imigração e documentação saíam com as melhores impressões. As habilidades de Leibl com o couro também abririam muitas portas. Para onde quer que decidissem ir, receberiam cartas de recomendação, sem a necessidade da contrapartida de algum familiar responsável. Caberia exclusivamente a eles a decisão. Isso lhes dava uma serenidade, ao menos naqueles momentos, que há muito não experimentavam. Eram quase donos dos seus destinos.

No momento, Marml simplesmente esperava que o marido levasse a criança, já adormecida, para seu canto, mas ele se fazia de desentendido. Teve de fixar o olhar decidido de quem aguardava algum sinal de que estava pronto para uma longa e difícil conversa.

Os dois ex-membros do Bund se olharam em silêncio. Sabiam perfeitamente por onde deveriam começar o processo de decisão. Um dia haviam sido militantes da causa judaica sob o prisma socialista que se provara, na melhor das hipóteses, fútil. Estariam prontos a abraçar o sionismo? Teriam forças para tanto? Liam diariamente as notícias que chegavam da Palestina, sabiam que o Porto de Haifa estava bloqueado. Os riscos das entradas clandestinas por Jaffa (Iafo), Akko (Acre) e Ashkelon em balsas eram grandes. As escaramuças se multiplicavam e, mesmo em Jerusalém, onde a população judaica sempre esteve presente, *pogroms* estavam ocorrendo, incitados pelo *mufti*, Amin Al-Husseini, líder da comunidade árabe em Jerusalém e antigo aliado hitlerista.

Teriam aceitado participar nessa luta, sim, e até correr o risco de se verem em Chipre junto a outros sobreviventes detidos nas águas do Mediterrâneo. Lembravam um ao outro que haviam se preparado de forma quase militar nos acampamentos na floresta. Viram seus monitores protegendo-os das gangues. Ouviram falar de seus companheiros já engajados, e que certamente os encorajariam a se juntarem a eles nas terras dos seus ancestrais, tanto nas fazendas coletivas como nas cooperativas, onde os sistemas de organização social se assemelhavam ao que um dia sonharam ser a salvação dos judeus na Diáspora.

Talvez ainda tivessem forças para reconstruir suas vidas em meio a mais lutas. Mas com a pequena Charlotte? Enquanto pudessem tomar decisões para o futuro da filha, sentiam-se no direito a um pouco de paz, o mais longe possível de conflitos.

As correspondências vindas da Palestina seriam abertas por último e a documentação para a Agência Judaica, por ora, não seria preenchida.

A primeira carta-resposta aberta em cima da mesa, de forma que os dois lessem juntos, era de Schloime, o trapalhão, e vinha de Sydney. Talvez em outras épocas uma carta escrita por Schloime seria motivo de risadas, mas ele impusera respeito por sua coragem quando muitos procuraram as cercas eletrificadas acreditando ser a forma mais rápida de se juntar às suas famílias, já eliminadas. Ele já estava estabelecido e suas maiores dificuldades eram a língua inglesa e as casamenteiras locais.

Era fácil esquecer que, apesar de tudo pelo que passaram, ainda eram jovens, pelo menos cronologicamente. Schloime tinha sido um menino bonito e hoje estava sozinho no mundo. Gostariam de um dia reencontrá-lo, mas a Austrália era por demais longe de tudo que conheciam e rapidamente chegaram à conclusão de que, mesmo se lá encontrassem outras pessoas amigas, por ora descartariam esse país. Ficaram encantados de saber que outros *lantzman*, mesmo aqueles que não os conheciam, estavam prontos a recebê-los e ajudar na medida do possível.

Antes de abrir a correspondência seguinte, Leibl notou o silêncio de Marml, sem entender. A explicação veio rápida e certeira com uma série de indagações: o quanto ele estaria disposto a conviver com o passado? Desejaria saber se outros sobreviventes passaram pelos mesmos infortúnios? Estaria ele disposto a ser objeto de curiosidade? Falar sobre tudo aquilo que viveram era como reviver o inferno. Queria filhos felizes e isentos de tormentos, porém jamais mentiria se lhe fosse perguntado. Só queria tocar a vida.

O pacote das cartas vindas de Buenos Aires se comparava em tamanho com o da França. Estavam muito curiosos em saber o que ocorria num lugar que, ouviam falar, tinha um clima muito semelhante àquele que conheciam e onde a grande habilidade de Leibl com couros poderia trazer-lhes algum conforto material sem muita demora.

Carne era um luxo que experimentavam com pouca frequência havia algum tempo, mas também já tinham ouvido falar que, graças ao trigo e à carne, a Argentina havia se tornado um verdadeiro celeiro para o mundo. Leram com toda a atenção, uma por uma, ainda que nenhum dos nomes fosse familiar. Assim como no pacote anterior, os remetentes afirmavam que, com a ajuda da Joint, os antigos *lantzmans* ofereciam a eles o apoio necessário para recomeçarem a vida.

A cada carta lida, um fato se repetia: com frequência, andando pelas ruas, ouviam a língua alemã sendo falada. Nas primeiras menções não deram importância, mas pouco a pouco, como na música, num crescendo, mais vozes se somavam ao coral, e o barulho os alertou para comentários no campo, de que muitos nazistas teriam se refugiado na América do Sul, especialmente no Paraguai e na Argentina.

Haviam decidido começar a nova vida sem fantasmas e sem conversas dolorosas. Mas como fazê-lo se, a cada vez que ouviam a língua alemã, o coração batia com tamanha força que os sufocava?

Já era tarde, quase não havia mais cartas a ler, e Marml procurava alguma coisa no canto junto à parede e apalpando o colchão de cima do beliche.

— Não vieram cartas do Brasil? — perguntou.

Não ouvindo resposta, continuou: "Do Rio de Janeiro?"

*

Desembarcaram na Gare de L'Est com seu único bem, Charlotte, empacotada contra o frio de dezembro parisiense. Caso se desencontrassem da coordenadora do Comité Juif d'Action Social et de Reconstruction – Comitê Judaico de Ação Social e Reconstrução –, poderiam se dirigir à sede da organização com o endereço guardado no sobretudo de Leibl: Hotel Lutetia, no Boulevard Raspail, aquele mesmo que um dia abrigara a sede da Gestapo durante o Regime de Vichy em Paris. Mas isso certamente eles não sabiam.

Chegaram à sede sem problemas, graças à presença da coordenadora, e foram recebidos por Leon Buchholz, *Chef de Service*, com um sincero aperto de mão. Os nomes em comum levaram a uma conversa cordial com um feliz desfecho, ao serem convidados para um jantar à Rue Brongniart na companhia de sua mulher, Rita, e da menina Ruth, com 6 anos, que encontrou por algumas horas em Charlotte a boneca que seus pais não podiam comprar.

O polimento dos muitos anos de vida dos anfitriões em Viena não impediu uma boa prosa, uma vez que Leon fizera parte da resistência francesa. Sua própria filha fora salva por uma corajosa jovem inglesa, Miss Tilney; e sua mulher, que ficara em Viena, em princípio para cuidar da mãe e da sogra, fora salva das garras de Eichmann graças a um amigo de Leon, da sociedade local.

Como não poderia deixar de ser, o desfecho recente dos julgamentos de Nuremberg foi fartamente discutido e, não com pouco orgulho, Leon explicou que dois talentos jurídicos originais de Levov, o lugar em que nascera, foram fundamentais durante o processo: os termos "crimes contra a humanidade" e "genocídio", usados pela primeira vez nos anais da história do Direito Internacional, tinham sido criados respectivamente por Hersch Lauterpacht e Raphael Lemkin.

Bem à vontade, depois que as formalidades mútuas haviam se evaporado, Leon e Leibl fizeram troça de seus sotaques ao falarem iídiche. Afinal, Leon era um *galitziane* e usava a vogal "e" como "é", enquanto Leibl a pronunciava como "ai", sem contar que o tradicional *guefilte fish* preparado em Szydlowiec era doce, e o de Leon, salgado.

Despediram-se com a promessa de um convite *chez* Silberman para troca de receitas das sobremesas vienenses e *poilishes* tão logo as condições permitissem. Igualmente ficou acertado que não haveria discussões políticas; Leon seria um convicto socialista até o fim de seus dias, enquanto Leibl e Marml não mais acreditavam no sonho bundista.

Leibl decidira para onde rumar em Fürnwald e movia-se com desenvoltura num ambiente desconhecido e não necessariamente amistoso, como eram a França e a Europa em geral no pós-guerra.

E Madureira quase chorou

Sem dúvida, todos ou quase todos sofriam as consequências do Reich assassino, mas para os que deixaram suas famílias nos campos de concentração e extermínio era incompreensível qualquer atitude de indiferença, e não por outra razão o número de suicídios entre os sobreviventes era tão elevado. Outros tantos não suportavam continuar a viver atrás de arame farpado em campos de refugiados, que nada mais eram do que os antigos alojamentos dos campos de concentração.

Para os judeus sobreviventes vindos dos *shtetls*, agora em Paris, a urgência era reaver o conforto do pertencimento, mas a sociedade Szydlowiec deixara de existir durante a Guerra com muitos dos seus membros na Resistência, outros tantos enviados para os campos de morte ou simplesmente escondidos.

O milagre do nascimento da pequena Charlotte havia trazido de volta, se não o menino de Szydlowiec, o homem que ainda cantarolava, sempre confiante, otimista e disposto a enfrentar o duro trabalho característico dos couros e, nesse caso, no ramo dos sapatos, em que acreditava ter maiores chances de sucesso.

A grande diferença estava no humor, que se tornaria ácido para sempre. Passadas algumas décadas, pelo menos em duas ocasiões que merecem ser mencionadas, deixou seus interlocutores boquiabertos: estava de férias em Torremolinos, no coração da Andaluzia, quando, no elevador do hotel, em alemão, lhe pediram uma informação. Respondeu igualmente em alemão e foi elogiado pela dicção perfeita. Agradeceu o elogio e contou, sem afetação ou titubeio, que o aperfeiçoamento do idioma seu deu graças à "colônia de férias" Buchenwald. A outra ocasião foi quando seu segundo filho, já adulto, quis orgulhosamente lhe apresentar a namorada, que era modelo nos desfiles dos grandes costureiros. Ao retornar do encontro, perguntou ao pai o que achara da sua conquista para ouvir "que nem mesmo ao ser liberado do campo com 50 quilos quereria aquele esqueleto".

Não era exagero chamar de milagre o nascimento de sua filha no ano pós-guerra, quando sua Marml, assim como as sobreviventes em geral, já não menstruava por meses a fio, condição normal da extrema subnutrição.

Quem conhecesse Leibl saberia que era uma questão de pouco tempo ele se tornar o provedor e ter um papel atuante nas atividades comunitárias. A escolha da França como a reentrada no mundo dos vivos fora comunicada a Marml por estar a poucas horas de viagem, e onde sua profissão seria apreciada. Suspeitava não ser a primeira escolha da mulher, mas também não tinha dúvidas quanto a ter ao seu lado uma parceira disposta a tudo para transformar em um lar aconchegante o pequeno apartamento da Rua Alexandre Dumas.

E Madureira quase chorou

Marml, por sua vez, em questão de meses saiu à procura de onde aplicar suas habilidades de bordadeira. Sempre haveria noivas casando ou quem pudesse pagar pelo que era belo. A vizinha, já uma senhora de idade, ficaria mais do que satisfeita se não precisasse descer e subir tantas escadas, e ter suas compras trazidas por Marml em troca de olhar a menina por algumas horas. Sairia para comprar material, observar as tendências da moda e transmiti-las a Leibl.

Para Yankl e Elka, que estavam em Paris acolhidos pela família de Elka, era uma questão de tempo a ida para os Estados Unidos. Prefeririam recomeçar no Novo Mundo; não confiavam na Europa.

Da família Broman, tudo indicava não haver sobreviventes.

16
1947 – Das cinzas e do sabão, o Fênix

Era sábado, passava das 15h00 quando Benjamin voltou à casa. Vinha cansado de Santa Cruz, onde ia a trabalho uma vez por mês, mas valia a pena porque a clientela era boa. Não podia se dar ao luxo de não trabalhar aos sábados e domingos, ainda que em semanas alternadas. Era nos fins de semana que os maridos das freguesas das pequenas joias estavam em casa e, quem sabe, estariam interessados nos cortes de tecidos? Nesse sábado, havia se desincumbido de mais uma missão na Zona Oeste da cidade: um freguês, dono de uma loja de eletrodomésticos, aceitava trocar cortes de tecidos ingleses por um rádio. E mais: faria a entrega na Tijuca durante a semana seguinte!

Miriam, que vinha pedindo um rádio mais moderno, fechara questão de que a troca precisava ser feita antes da última semana de novembro, quando seriam transmitidas de Nova York as discussões e votação da Partilha da Palestina durante a Assembleia Geral das Nações Unidas.

Já passava muito do horário de almoço de Miriam e das meninas. Sentado a sós na mesa da cozinha, Benjamin quis a companhia dos jornais e revistas que durante a semana não conseguira ler. Nem sequer tivera tempo de provar o sabor do que estava no prato à sua frente, quando duas fotos da revista lhe saltaram aos olhos e faltou-lhe uma das batidas do coração: um soldado e um prisioneiro observando duas pilhas de corpos. A menor, ainda dentro de uma carroça e, a outra, já da altura de uma casa. A segunda foto era de dois homens, um deles com uniforme de prisioneiro, ladeando um emaciado cadáver em cima da maca, prestes a ser colocado dentro de um forno.

Pousou o garfo e retirou do copo de cerveja, o seu luxo de fim de semana, a mão que tremia. Não era a primeira vez que lia a respeito do que acontecera aos judeus da Europa. A esperança de que alguém da família ou mais algum amigo tivesse sobrevivido se desfazia a cada dia. Com frequência, pedia informações à Sociedade Szydlowiec, por intermédio dos tios Boris e Clara, ou junto aos que chegavam como refugiados. Quem sabe? Alguém-que-viu-alguém-que-viu-alguém, qualquer migalha de informação seria bem-vinda. Pelo menos a cada 2 semanas continuava indo à Cruz Vermelha assuntar sobre a localização de sobreviventes.

E Madureira quase chorou

Do momento em que não mais conseguiu notícia alguma de sua mãe, padrasto, meio-irmãos, da primeira namorada, dos grandes amigos, até a chegada das piores notícias possíveis do ocorrido, o que fora uma dor à beira do insuportável, de certa forma tinha sido domado pelo tempo.

Trabalhara até os limites da exaustão numa batalha para pagar as dívidas contraídas com o tio. Jamais deixou de ter pressa para conseguir meios de trazer todos para esse pequeno paraíso. Ainda assim, o sentimento de falha o derrubava, como aquelas ondas que às vezes o pegavam desprevenido e quase o afogavam. Ele se salvara.

Sabia da aniquilação do gueto de Varsóvia. Teriam os soviéticos chegado a tempo de salvar alguns judeus de Szydlowiec como ocorrera em Levov, onde algumas dezenas de pessoas foram libertas do campo de concentração? Não pela primeira vez, lembrou-se da conversa entreouvida durante uma prova do terno encomendado pelo engenheiro (que trabalhava na Siemens, durante o seu aprendizado junto aos "magos") e, pela enésima vez, a garganta se fechou.

Apertou os olhos e procurou forças para ir além das fotos. O texto não era menos difícil: dois sobreviventes contataram a Sociedade Ostrower, informando que tinham em seu poder duas barras de sabão feito com gordura humana. A origem era óbvia. A Sociedade imediatamente procurou o Rabinato, que tomou as providências para que os ritos de santificação dos restos mortais recebessem o respeito que a eles era devido: tinham sido envoltos nos tradicionais xales de rezas, e no domingo 12, no Grande Templo da Rua Tenente Possolo, às 7h00 da manhã, seriam feitas as tradicionais rezas dos enlutados, seguidas do sepultamento no Cemitério de Vila Rosali. Toda a comunidade estava convidada a participar. A bem da verdade, o texto claramente dizia que, mais do que um dever, era obrigação moral estar presente. Para qualquer judeu, estava claro que apenas enfermos e crianças eram isentos.

Rapidamente foi verificar a data da publicação para ter certeza de que as cerimônias ainda não tivessem ocorrido. Só estranhou não ter tomado conhecimento por outras fontes. Miriam nada mencionara. Logo ela, leitora voraz de toda e qualquer publicação, judaica ou não. Não podia culpá-la pelo lapso. A filha mais velha mal tinha completado 2 anos e a caçula estava com poucos meses de vida. As palavras da tia Clara lhe vieram à mente na ocasião em que a apresentou à família: "Miriam vive num outro mundo, e não se esqueça de que ela ainda é muito jovem".

Benjamin podia entender parte do distanciamento de Miriam de todo e qualquer assunto doloroso relacionado à Polônia, onde deixara sua queridíssima avó Channah, que veio a falecer ainda antes da Guerra. Sonhara um dia voltar a vê-la e jamais deixou de contar a quem perguntasse, a respeito de sua vida em Bodzentyn, sob a guarda da avó, como os seus melhores anos. O lugar perfeito. Vivera protegida até então. Seus primeiros anos da escola primária foram num seminário, onde foi boa aluna. Reagia com agressividade a quem quer que desse alguma opinião adversa sobre a sua Polônia. Tinha sido dela a escolha do nome abrasileirado, Ana, para a segunda filha.

Igual à sua mulher, Benjamin saiu de seu *shtetl* com as bênçãos da avó, a quem foi eternamente grato pelo amor e carinho com que esta assumira sua guarda. Deu o nome Esther à primeira filha em sua homenagem, mas jamais afirmaria terem sido os anos mais felizes de sua vida. Não recordava o passado com simpatia. Era para as suas meninas que todas as suas forças estavam dirigidas.

A angústia só diminuiu um pouco ao ler que não perdera a cerimônia, que se realizaria no dia seguinte. Sendo assim, poderia estar presente e recitar o Kadish junto à comunidade. Pensou em Marml e cultivava a ilusória esperança de que a sua oração seria para judeus desconhecidos.

17
1948 – Gritos, sussurros e cantos do passado

Taiere schvester Clara und schvuger Boruch.

Perdoem-me não ter mandado notícias pessoalmente ao ser libertado, mas sabia que a Cruz Vermelha distribuía listas de sobreviventes.

Já devem saber que minha Malka e Rosa foram assassinadas diante dos meus olhos em Auschwitz. Não acredito que poderei apagar isso da memória. Se me perguntarem como ou por que sobrevivi, não saberei responder numa carta, numa conversa, tampouco num livro de mil páginas. Palavras jamais serão suficientes para descrever o que eu e os demais sobreviventes passamos. Quem sabe algum músico de muito talento consiga?

A única explicação que encontro é a escolha moral de não perder as esperanças, de que tudo não tenha sido em vão. Para cada pergunta, só consigo outras perguntas como resposta.

Como sabem, muito poucos restaram da nossa família, e me traz um pouco de alegria ver que o filho da nossa irmã Bajla foi salvo graças, em boa medida, a vocês. De Bayla, de seu marido e dos filhos do segundo casamento, não há notícias e acredito no pior.

Da família do nosso irmão Moishe, sei que Rachela e Schmuel estão vivos em Varsóvia. Ela, graças ao namorado polonês; e ele, porque tinha sido mandado para a Sibéria! Como você sabe, era o judeu mais condecorado do Exército Polonês, daí ser visto pelos soviéticos como nacionalista. O filho, Szymon, e sua mulher foram mortos em Treblinka, mas a criança, entregue a uma família cristã, foi salva. Trocaram-lhe o nome para Jolla e agora recusam-se a entregá-la aos tios.

Nosso querido irmão Dawid, Etla — sinto muito por sua irmã, Boruch — e o filho, Szmuel, foram levados na primeira deportação para Treblinka, mas a filha, Rosa, foi para um campo de trabalho e sobreviveu. Casou-se, teve um bebê no campo de refugiados e hoje mora nos Estados Unidos.

Mais ninguém.

Gostaria de ter notícias e, logo que possível, receber fotos de Bentzion. Caso ele ainda não saiba, alguns dos seus companheiros do Bund sobreviveram, inclusive aquele amigo sempre acompanhado por um cão. Ele está casado com uma ótima moça, a única sobrevivente da família Broman, e já tem uma filha, também nascida num campo de refugiados, na Alemanha. Se ainda não se comunicaram é porque a vida está dura para todos.

Lamentavelmente, o renascimento da Sociedade Szydlowiec na França já enfrenta problemas de caráter ideológico (como se precisássemos de mais um) entre comunistas e anticomunistas, em grande parte causados pela briga entre a União Soviética e os Estados Unidos, mas sobretudo entre os sionistas e os antissionistas. Se antes da Guerra o assunto já causava discórdia, agora provoca rompimentos de sólidas amizades e de laços de família.

Mando uma foto ao lado da minha companheira e seu filho. São pessoas muito caras. Recebo deles amor, carinho e suporte para voltar a ter uma vida plena e de dedicação à comunidade.

D'aan brider

Yuma

*

Benjamin chegara à solenidade com a segunda filha no colo, ao lado de Miriam que trazia a mais velha pela mão. Se já se apaixonara por sua mulher do instante em que a convidou para dançar pela primeira vez, agora, então, com as suas duas meninas, quase estourava de orgulho. Por mais discreto que fosse, não lhe escapava como sua mulher era vista em toda a coletividade, na rua onde moravam ou em qualquer lugar onde estivesse.

Não havia como negar que Miriam estava no ambiente em que gostava de estar: numa atmosfera política e intelectualizada. O intervalo entre o nascimento das duas crianças não lhe deu muita chance de usufruir a liberdade conseguida ao deixar a casa dos pais, ou de ser, por mais tempo, o único foco de atenção do marido.

Ele gostaria de encontrar os Majowkas antes do início dos hinos e discursos, pois, trariam a carta já lida ao telefone dos respectivos vizinhos, como prometera Tia Clara. Precisava sentir o papel nas mãos, ler com seus próprios olhos o que dizia *Fete* Yuma com sua caligrafia bem desenhada e encontrar nas entrelinhas a centelha de esperança de algum dia rever a família deixada em Szydlowiec.

Se ele não pudesse voltar a Szydlowiec, ao menos todos os sobreviventes do seu canto no mundo, residentes no Rio de Janeiro, estavam naquele recinto. Os Morgenstern, na qualidade de líderes comunitários e legítimos bundistas, faziam ver a todos que não importava o viés político dos membros do *ishuv*. No âmbito pessoal, como se não bastasse ter perdido aqueles deixados na Europa, tinha duas irmãs que viviam em Israel.

O que procurava nas entrelinhas não achou, porém a boa aparência do tio na foto foi um pequeno consolo. A grande e agradável surpresa ficou por conta da notícia do casamento de Leibl e Guítale. Sem dúvida, uma boa moça. Mas por que ainda não teriam...

Não houve tempo para nenhum outro comentário ou pensamento, ainda que fizesse uma anotação mental de copiar o endereço do tio e, por seu intermédio, mandar e pedir notícias, pois, com a chegada do convidado de honra, o Embaixador do Brasil nas Nações Unidas, Oswaldo Aranha, todos já se colocavam de pé para entoar o Hino Nacional Brasileiro e o *Hatikva* (Hino Nacional de Israel).

A natureza dos discursos variava. O único traço em comum era o de agradecimento ao embaixador por sua atuação durante a votação da partilha entre árabes e judeus.

O rabino presente via aquele fato histórico como um milagre moderno: a volta, depois de 2 mil anos de espera e preces diárias, ao original Lar Nacional, junto ao renascimento do hebraico, até então reservado aos livros sagrados e às orações. Foi hábil em suas palavras ao não tocar no assunto de que extremistas chassídicos recusavam-se a reconhecer o jovem país, pois não fora criado pela intervenção direta de D'us.

Outro orador, um respeitado cientista político, apontando para o retrato de Theodor Herzl, único ornamento do palco, afirmou que dedicava a ele, um jornalista judeu assimilado, aquela sessão solene. Ainda com o dedo em riste, continuou: "Ele, por ter sido testemunha ocular do caso Dreyfus, ocorrido no coração da sociedade mais liberal da época, Paris, sabedor dos *pogroms* que explodiam nos *shtetls* do Leste Europeu e, acima de tudo, entendendo o momento histórico dos movimentos nacionais em que vivia, afirmou ser a hora da volta à terra ancestral, resgatando o elemento tirado há 2 mil anos da Nação Judaica: o chão".

Continuava, dizendo: "Quer fosse a religião, língua ou cultura, nunca deixaram de existir"; e, finalizou: "Com ele nasceu o sionismo político como a única forma do judeu ser dono do seu destino".

Os cofres das organizações filantrópicas estavam vazios. Os últimos oradores haviam implorado aos organizadores do evento, sem sucesso, que fossem os primeiros a discursar, pois sabiam que uma vez que Sua Excelência, o senhor Embaixador, deixasse o recinto, não haveria plateia alguma a quem pedir fundos num momento crítico para os recém-imigrados de uma Europa devastada. As fichas em branco – destinadas ao registro das esperadas doações para o Lar da Criança, o Lar dos Velhos, a Casa de Recuperação, a Sociedade de Empréstimos a Favor e todas as demais necessidades da comunidade – voltariam ao escritório central ainda com o celofane que as envolvia.

Miriam e Benjamin, já de pé, logo aproveitariam o caminho aberto pela segurança do embaixador para também sair do recinto apinhado. Dariam por encerrada a presença no evento devido à natural inquietude das crianças, quando, do fundo do salão, uma a uma, as vozes cresciam até envolver os presentes. Soubessem ou não do que se tratava, a letra e a música eletrizavam a plateia. Cantavam o hino dos *partisans*, e *partisans* todos sabiam quem eram.

O que não seria esperado era que isso desse ensejo a uma confusão, pois já durante os últimos versos, que um dia heróis da resistência aos nazistas entoaram, a chamada parcela *roite* – "vermelha", comunista – da sociedade judaica carioca iniciou a Internacional sob apupos de outro grupo, com os tradicionais "*potz, schmoks* e *schlomiels*" e, não resistindo ao impulso quase elétrico do momento, Mandja entoa o Hino Nacional Polonês, seguida por uma terceira parcela.

Benjamin, já com as duas meninas no colo, deixou o recinto pela saída de emergência acreditando que sua mulher estivesse se dando conta do perigo para as crianças e o seguisse. Ledo engano. Felizmente chegaram todos bem em casa; ele fingindo não ouvir o que Miriam dizia e aborrecido por não ter anotado o endereço de *Fete* Yuma.

18
1951-1952 – A vida em Paris e no Rio de Janeiro

Com o festejado nascimento de mais uma criança, Maurice Simon, os Silberman precisavam de mais espaço, não só para a família como também para receber amigos. Agora, com dois empregados trabalhando em tempo integral na pequena, mas promissora, manufatura de sapatos, a família se mudara para um apartamento mais espaçoso na Rue Ramponeau e no mês de agosto, regularmente, saía de férias.

A Sociedade Szydlowiec de Paris e a comunidade judaica em geral cresciam à medida que chegavam mais internos dos campos de refugiados, e não faltavam amigos para o casal. Diferentemente de Leibl, com um irmão e uma irmã sobreviventes, Marml perdera toda a família que residia na Polônia.

Com grande fanfarra, o casal Morgenstern – antigos ativistas do Bund que imigraram para o Brasil ainda no início da década de 1930 – foi recepcionado pelos *lantz-*

man de Paris liderados por Yuma Tenembaum, a caminho do recém-criado Estado Judeu. Todos os presentes, alguns residentes na França desde bem antes da Guerra, assim como os *greenes* queriam notícias dos novos cariocas e também pegar carona para enviar um *peckele* para familiares e amigos, com café, itens básicos de vestuário e uns poucos dólares.

Todos se encontravam em meio a crises ideológicas. Os bundistas, por definição socialistas e antissionistas antes do Holocausto, se deparavam com um modelo de economia igualitária e socializada no jovem país, precipitando grandes e coléricas discussões. Diferentemente das sociedades do Rio de Janeiro e a de Israel, que colocaram as necessidades da comunidade acima da ideologia, houve uma cisão em Paris, mas para a ocasião foi escolhido um território neutro, de modo que a comunidade em geral pudesse participar na saudação de um grande líder.

Ao aproximar-se de Pinhe e Channah Hindl, Marml não estava interessada no viés político dos homenageados. Queria ter notícias da família Majowka e do seu sobrinho. Já estivera com *Fete* Yuma em outra ocasião, mas não teve a oportunidade ou privacidade de perguntar sobre Bentzion.

Os visitantes não conheciam Marml, pois saíram da Europa antes que ela se afiliasse ao movimento, portanto não fizeram a conexão com uma namorada deixada na Europa por Benjamin, mencionada por Clara durante os anos em que esta se angustiava com a ausência de uma esposa para o sobrinho. Foi por meio deles, então, que Marml tomou conhecimento dos detalhes da sua chegada ao Brasil, dos enormes, porém infrutíferos esforços para retirar da Europa alguns familiares e certa namorada. Para felicidade de todos os que o conheciam na coletividade, estava casado com Miriam e tinha duas filhas.

Por educação, afinal fizera a pergunta, precisou ouvir sem escutar as notícias da família Majowka... a filha Esther... a loja de móveis... até que o silêncio dos interlocutores finalmente a trouxesse de volta à recepção. Foi salva dos devaneios por Leibl, que terminara sua própria ronda de exaltadas discussões com os demais convidados e, por fim, viera desejar uma boa viagem ao casal.

Com todo cansaço de um dia inteiro de jornada dupla de trabalho como mãe e parceira, foi difícil adormecer. Sentiu-se grata pela solitude do escuro para degustar sua importância no passado de Bentzion. Amava seu marido e estava segura da decisão tomada num tempo que quase pertencera à outra vida. Ainda assim, quando a mente ficou livre para escrever um roteiro diferente do seu destino, passeou por locais que só conhecia por revistas e cartões-postais, na companhia de crianças e de um rapaz que segurava suas mãos e contava as novidades de Varsóvia.

*

Miriam, seus pais e suas filhas chegavam da Argentina onde foram visitar a família do irmão do Sr. Jacob. O episódio, que mereceu matéria de jornal, em que uma família inteira com vistos de entrada fora impedida de desembarcar no Brasil por conta da política de imigração de Getúlio Vargas, teve um desenlace parcialmente satisfatório com o prosseguimento do navio para Buenos Aires. Do contrário, como afirmara Miriam Flamembaum Gutman ao telefonar às redações, teriam todos de voltar ao campo de refugiados na Alemanha.

Benjamin aguardava seus familiares no Aeroporto do Galeão e, ainda que não tivessem faltado demonstrações de saudade de sua parte, era notório seu transtorno.

Quando finalmente chegaram à Rua Campos Sales, com as valises e apetrechos de quem viaja com crianças, o casal sabia que precisava conversar. Miriam, para contar que os enjoos durante toda a viagem faziam-na suspeitar da chegada de uma criança; e Benjamin, para lhe dizer que sua amada tia Clara tinha sido diagnosticada com avançado câncer.

A importância de tia Clara, não só para o sobrinho, como também para sua mulher, não poderia ser reduzida a alguém que, como um favor, acolheu em casa um familiar. Talvez mais do que ninguém, a irmã de Bajla compreendera a juventude, a inexperiência e o mundo de Miriam, tornando-se uma aliada mais importante até mesmo que

E Madureira quase chorou

D. Regina. Ainda antes de se mudar para a região do Maracanã, onde seu marido abrira loja e oficina de móveis, as sobrinhas-netas dividiam com seu próprio neto igual carinho e atenção nas tardes de domingo. Ali mesmo, nas cercanias do estádio, 2 anos antes, estavam todos reunidos por ocasião do silêncio dos silêncios, no jogo decisivo da Copa do Mundo de 1950, quando o Brasil perdeu para o time uruguaio.

No decorrer de algumas semanas, com tia Clara já num leito de hospital, os possíveis nomes para o terceiro filho de Benjamin e Miriam eram ventilados pelo sobrinho como forma de distraí-la: se menino, Moshe, em português, Maurício; se menina, Bajla, ainda que não soubessem como traduzi-lo para o português. Benjamin sabia que comentar nomes de crianças ainda não nascidas era tabu para sua mulher e sogros, mas, como disse tia Clara num sussurro com um sorriso maroto e longínquo nos lábios: "Levo seu segredo para o túmulo".

Não havia como esconder a torcida por um menino, para que o nome da família tivesse continuidade. Nenhum outro Gutman havia sobrevivido ao Holocausto.

Tia Clara, porém, não mais estaria entre eles para saber que aquele bebê seria uma menina, com o nome de sua irmã Bajla, e que 2 anos depois chegaria um menino. Tampouco viu seu filho Saul se formar em Medicina; a maior aspiração de um imigrante: ter um filho *docter*.

19
1953 a 1955 – Antigos laços

Com uma terceira menina recém-nascida e o sonho de um local fixo de trabalho para o casal, Benjamin trabalhava quase todos os domingos e a maioria dos feriados.

Nos sábados à tardinha, levava as filhas mais velhas ao Cineac Trianon, na Avenida Rio Branco, com direito a um chocolate da Kopenhagen perto dali e, possivelmente, se ainda dia claro, fotografá-las na Praça Paris.

Nos primeiros domingos de cada mês, enquanto ele trabalhava, Miriam e as meninas iam ao Theatro Municipal do Rio de Janeiro, onde o corpo de baile, acompanhado pela orquestra sinfônica, oferecia espetáculos gratuitos para o público em geral.

Num desses dias em que sua área de vendas estava próxima aos Morgenstern, decidiu passar na casa deles. Queria saber mais detalhes da viagem do casal a Israel e de sua passagem por Paris, onde teriam certamente encontrado *Fete* Yuma, agora novamente uma figura atuante na vida da comunidade judaica, especialmente na Sociedade dos Amigos de Szydlowiec.

A chegada de Benjamin, como sempre, foi motivo de alegria para o casal, sobretudo agora que as filhas, já casadas, ocupavam-se com suas próprias famílias. A visita, no entanto, não poderia se estender por muitas horas, pois Miriam e as filhas o aguardavam.

Feitas as saudações e as perguntas de praxe sobre o crescimento, saúde e desenvolvimento de todos os filhos e netos, o principal motivo da visita finalmente poderia ser abordado, momento em que o nome Silberman veio à baila.

Channah Hindl pediu para que Pinhe fosse buscar o álbum de fotos daquela viagem memorável, enquanto dizia a Bentzion: "A esposa de Leibl Silberman perguntou por você".

No seu habitual tom bem-humorado, ele brincou: "E Leibl não ficou com ciúmes?"

Não houve tempo para maiores pilhérias, pois o álbum já ia sendo aberto para olhos ávidos, nas páginas em que seriam saboreadas as imagens da primeira parte da viagem, Paris.

A grande fotografia, a única da primeira página, fixada pelas quatro cantoneiras prateadas, parecia ter um foco de luz apontado para o centro. Rembrandt ou Caravaggio usariam seus pincéis e tintas para o efeito, mas não se tratava de uma pintura. Ali, tendo ao colo uma criança vestida de branco, não uma mera participante da confraternização: era a menina – já mulher – e seu primeiro amor!

O quase estrondo causado pela pesada capa de madeira do álbum ao escapar das mãos de Benjamin e ir de encontro à mesa não foi nem sequer ouvido por ele. Certamente alucinava. Nunca fora religioso ou místico – para ele, crendices tolas –, mas o que estava à sua frente não podia ser real. Podia até ser um bom entretenimento em fantasias teatrais e cinematográficas, como "O Dybbuk, entre dois mundos" – peça de teatro que depois virou filme, do dramaturgo russo-judeu Shloyme Zanvl Rappoport, ou S. An-ski –, com seus aspectos góticos, mas não agora, não ali, na vida dele, naquela foto! Quem poderia ser tão cruel a ponto de lhe pregar tamanha peça?

Pinhe e Channah olhavam atônitos, ora para o álbum, agora fechado pelo impacto, ora para o visitante. Curiosos, esperavam uma explicação. O tempo tomado por Benjamin para se recompor e balbuciar algumas palavras foi o suficiente para Channah relembrar o que Clara Majowka um dia lhe confidenciara sobre uma namorada deixada na Europa.

Pouco importava o que os termômetros em Bangu diziam. Um chá com muitos cubinhos de açúcar se fazia necessário. De outra forma, o pobre Benjamin não se recuperaria do susto. Nada fazia sentido. Sim, a jovem mãe da fotografia perguntou por ele, e um dia foi sua namorada. E por isso toda essa comoção?

Benjamin pedia mais detalhes da conversa e cada vez entendia menos. Mas... e a lista de sobreviventes?, pensava ele, transtornado. O nome que constava era o de Guitl, não o de Marml. Disso, tinha certeza. Então, quando *Fete* Yuma escreveu que Leibl casou-se com a única Broman sobrevivente, estaria falando de Marml?

Olhou a foto novamente. Então Marml está casada e tem dois filhos?! Além do menino no colo, a menina mencionada por *Fete* Yuma seria uma das crianças no canto direito da foto? Sim, a primeira sem dúvida! Aquele rosto é um pouco Broman e um pouco Silberman.

Preferia não ter de voltar logo à Tijuca. Precisava de mais tempo do que levaria no trajeto do trem até a Central e, de lá, no ônibus até o prédio onde morava. Precisava pensar e entender não só como tamanha mixórdia podia ter acontecido com ele, mas, principalmente, os seus sentimentos em relação ao fato de que seu melhor amigo havia tomado sua primeira namorada e nada lhe contara! Quando teriam se casado? Precisava reler as cartas trocadas desde que saíra de Szydlowiec. Qual a data da última? Teria sido de Marml ou de Leibl? Ou aquela assinada pelos dois?

E Madureira quase chorou

Com os olhos ainda pensativos, distantes mesmo, e a voz diminuta, perguntou como poderia conseguir o endereço do casal. Isso não seria nenhum bicho de sete cabeças, porque, naquela ocasião, nomes e endereços dos sobreviventes de Szydlowiec estavam sendo compilados para um possível livro de testemunhos e memorial aos mortos durante o Holocausto.

Naquela mesma noite, quando todos em sua casa já dormiam, pediu ajuda a algumas doses de vodca, sentou-se à mesa da cozinha e escreveu a primeira de muitas cartas. Todas finalizadas com a mesma pergunta: "O que os prende à Europa?"

Ao pousar finalmente a caneta na mesa, perguntou-se quando e como contar a Miriam essa incrível descoberta.

*

No Rio de Janeiro, o ano terminava de forma festiva: nascia para Benjamin e Miriam um menino. O que, em outras palavras, significava que o nome Gutman sobreviveria ao menos por mais uma geração. Seu *brit milá* contou com a presença de grandes rabinos, para alegria do avô materno, Sr. Jacob.

Se no grupo de pessoas envolvidas com o evento do parto havia alguém bastante insatisfeito era o obstetra, pois Maurício nasceu na noite da véspera do Natal, quando o médico já se sentaria para a ceia.

A inauguração da loja era a grande expectativa do ano que se iniciava. Em meio a grandes esforços para juntar o capital necessário, Benjamin, entre todas as obrigações, não deixou de escrever aos amigos, várias vezes, afirmando que estariam melhor no Brasil.

Em Paris, as cartas de Bentzion eram recebidas com entusiasmo por Marml, por desatar-se o nó causado pelo desaparecimento de uma carta contendo a foto do casal, e com alívio por Leibl, ao ver que o fato de ter tirado a antiga namorada do amigo não o fazia sentir-se traído.

A cada dia, o prazer de Marml e Leibl em ver os filhos crescerem mais do que compensava a luta diária de fazer negócios que, aliás, iam bem; já haviam amealhado mais do que o *parnusse*, se somadas as compensações de guerra. Tinham um sem-número de amigos e conhecidos da Sociedade Szydlowiec, da vizinhança da loja e concertos sinfônicos de sobra.

Gostariam de se dar ao luxo de ler ou ouvir menos notícias internacionais, mas a vida mostrara de forma brutal que o mundo ao redor vem bater à sua porta, quer você queira, quer não. Ao fim da Guerra, Leibl decidira com a concordância de Marml, recomeçar a vida na França por acreditarem estar longe de conflitos, num lugar de estabilidade política. Mas ventos estranhos começavam a soprar por conta da Inglaterra e França, parte do consórcio do Canal de Suez, terem interesses bem diferentes, de um coronel do exército egípcio chamado Gamal Abdel Nasser, que já chegara ao poder com apoio da URSS.

Os eventos no Oriente Médio, embora não ocorressem da noite para o dia, mantinham Leibl e Marml em permanente estado de alerta. Mesmo assim, eles descartavam a hipótese de seguir Yankl e Elka, que tinham dado início ao longo processo de solicitação dos vistos de residência nos Estados Unidos.

*

O fruto de tantos anos acordando antes das 6 da manhã, fazendo o café, trazendo o pão quente da padaria para a família, carregando uma pesada pasta de tecidos e as pequenas joias nos bolsos, se materializaria na abertura da Luxobell Modas.

O nome da loja por si só já mereceria uma brochura explicativa da história de dois amigos, que se conheceram na adolescência num cantinho da província de Kielce, na Polônia, onde frequentavam a mesma ala jovem do Partido, ainda que morassem em *shtetls* distintos. Com uma diferença de dez meses, um imigrara para o Rio de Janeiro e o outro, para São Paulo. Quem tivesse a curiosidade de ler as informações, além de observar as possíveis fotos, tomaria conhecimento de que um dos amigos, a caminho da lua de mel, deixara sua mulher com as valises num banco da pracinha em frente à Estação da Luz, no Bom Retiro – à época, um bairro eminentemente judaico –, a fim de sair à procura do outro, ainda que não tivesse endereço algum em suas mãos.

Não seria daquela feita o reencontro com Luzeh, que estava no Bom Retiro, sim, porém longe da estação, numa das inúmeras confecções de moda feminina onde trabalhava. Foi necessário que mais 8 anos se passassem para que Luzeh Rojtman, agora Luiz, se tornasse dono de seu negócio, procurasse representantes no Rio de Janeiro e ouvisse repetidas vezes que um patrício vinha perguntando por ele havia bastante tempo.

Finalmente, reencontraram-se por ocasião do nascimento da terceira filha de Benjamin e, a partir de então, nunca mais seria Luzeh ou Luiz, mas sim, até seu último suspiro, o "titio de São Paulo". Já o carrinho de bebê que trouxera no avião se tornou a parte palpável da saga dos dois amigos, uma verdadeira relíquia. Uns poucos anos adiante emprestou o nome e a exclusividade da linha de sua confecção no Rio de Janeiro para Miriam e Benjamin.

A inauguração da loja na Rua Haddock Lobo foi esmerada, e as *corbèilles* de congratulações foram tantas que a calçada adjacente ficou toda enfeitada de flores. O capital inicial foi obtido com uma parceria significativa do sogro, igualmente prestamista de joias.

E Madureira quase chorou

O sonho era que, em mais alguns anos, Benjamin e o sogro pudessem deixar de trabalhar pelas ruas vendendo à prestação, de porta em porta.

20
1956 – A família Silberman no Rio de Janeiro

Com o contorno de suas montanhas, o Rio de Janeiro, então capital do Brasil, saudava a quem chegasse pelo porto. Mas o que estava provocando em Marml a sensação de que pernas lhe faltariam a qualquer instante, ela bem sabia, não era a vista exuberante, nem o céu azul ou as águas calmas e verdes que o navio encontrava ao entrar na Baía de Guanabara.

Depois de tantas noites em claro com Leibl, decidindo como, quando e aonde ir, era fútil reavivar as dúvidas. Se quisesse ser honesta consigo mesma, tinha de enfrentar uma verdade: queria rever Bentzion. Saberia ele a extensão do que ela e seu grande amigo Leibl tinham passado? Talvez em parte. Saberia ele como foram os últimos momentos de sua própria família?

Não era a primeira vez, nem seria a última, que Marml viveria uma situação como aquela: os familiares evitando um assunto, preferindo não ouvir e até dizendo que não suportariam saber. Pensou ter esgotado todas as possibilidades, ao decidir mudar-se para o Brasil, porém, naquele momento, mais e mais dúvidas a assaltavam.

Foram os apitos de saudação das outras embarcações que a salvaram do seu questionamento, assegurando de uma vez por todas que essa viagem não seria como a fuga de mais uma guerra. À medida que o navio era empurrado para o cais, já se conseguia perceber vários agrupamentos de pessoas, ainda diminutas.

Em sua última carta, Bentzion escreveu que não deveria trazer sua família ao porto. Por ser impossível calcular quanto tempo levariam as formalidades do desembarque e a que horas os passageiros seriam liberados, ele sugeriu que as famílias se encontrassem dali a alguns dias, para todos se conhecerem.

Mencionou, inclusive, que o dia da chegada era um feriado com bailes à fantasia e que Miriam levaria os filhos menores a um clube local, enquanto as filhas mais velhas sairiam com as amigas. Marml suspirou e pensou consigo como Bentzion continuava sendo uma pessoa quase ingênua. Quem não teria ouvido falar ou visto fotos e reportagens em revistas sobre o carnaval carioca?

Fosse sua a escolha, preferiria o encontro com a família. Seria mais fácil para todos.

E Madureira quase chorou

Varreu com os olhos de ponta a ponta o cais, mais de uma vez, até que um dos grupos lhe pareceu mais familiar. Segurando o corrimão com uma força tal que as juntas dos dedos ficaram brancas, chorou 20 anos de lágrimas sem que ninguém notasse.

Bentzion não estava só. Trouxera um grupo de antigos *lantzman*, aqueles que um dia deixaram Szydlowiec, quer por melhores condições de vida, quer por terem prestado mais atenção aos discursos do Führer, e sobretudo aqueles que tiveram quem os ajudasse com os trâmites burocráticos num momento em que a política local era contra a imigração judaica do Leste Europeu.

Aqueles indivíduos, soube logo depois, eram os pilares da sociedade benemerente para recém-emigrados, dos quais, num futuro muito próximo, seriam aliados para se estabelecerem onde todos experimentariam uma paz inédita.

Antes mesmo de irem para o convés, tinham se certificado de que toda a bagagem trazida estava pronta a ser levada pelos carregadores ao prédio da Alfândega – que agora ela percebia quão bonito era – para a revista obrigatória. Só teriam de estar presentes durante a inspeção e para retirar a bagagem.

Pediu que a filha e o filho andassem à sua frente e de Leibl. Estavam todos impecavelmente arrumados; Marml queria que Bentzion tivesse a melhor impressão dos Silberman. Poderiam ter ido para os Estados Unidos, como

Yankl e a família. A Alemanha pagaria as despesas do transporte e cuidaria dos vistos de residência, como parte da restituição de guerra. Mas preferiram o Brasil.

Até o embarque em Le Havre, não tivera tempo de pensar no momento do reencontro, mas os últimos 7 dias foram de intensos ensaios imaginários. Mais de uma vez o marido lhe perguntara se estava bem. Andava mais calada do que o habitual. Não faltariam razões para seu silêncio, caso Leibl insistisse. Poderia enumerar facilmente uma dezena delas e seriam todas honestas e sinceras, mas não a principal.

Agora era seguir adiante. As escadas estavam sendo baixadas e os mais apressados um tanto barulhentos, alguns com colares havaianos, já se enfileiravam para serem os primeiros a descer. Como numa dança bem coreografada, quem os esperava já se aproximava mais perto do desembarque. Marml segurou com mais força os ombros de Maurice para que o menino não empurrasse outros passageiros. Eram 10h00 e o calor já se fazia presente.

À medida que se aproximavam de terra firme, Bentzion, à frente do grupo, vinha em sua direção. Charlotte e Maurice, ainda que desconfiados, aceitaram os braços abertos de um novo membro da família, dando chance de Leibl adiantar-se para o segundo abraço.

Como se não houvesse vivalma em todo o atracadouro, o longo abraço seguido de choro convulsivo, adicionado ao

E Madureira quase chorou

calor de 40 graus, fez Bentzion literalmente cair nos braços de Leibl. Todos correram para acudir os dois amigos.

As flores de boas-vindas para Marml acabaram no chão e, se não tivessem sido salvas pela filha, seriam pisoteadas ou, quem sabe, algum marujo sortudo as levaria à zona do meretrício no Mangue, como um mimo para sua infiel amada.

Com a gravata já afrouxada, leques abanando e um restinho de sal na boca para que a pressão subisse, o caos foi sendo debelado, a multidão se dissolvendo e, então, Bentzion e Marml repetiram o abraço tímido e o beijo casto, depois de 20 anos. Sem palavras, sem promessas.

*

Entre as baforadas e os receios intimamente suprimidos, Leibl implorou ao amigo: "Por favor, não nos peça nesse momento para contar o que se passou com a sua família. Você, Marml e eu começamos uma vida nova, temos filhos para criar e muito para construir. Minha mulher e eu rastejamos para sobreviver. Ainda queremos respirar um pouco a liberdade sem as lembranças".

Os presentes e lanches trazidos ao cais não foram suficientes para entreter as crianças por todas as horas necessárias para as formalidades da imigração, alfândega e o trajeto ao apartamento que os aguardava.

Com as valises seguindo numa caminhonete, Charlotte e Maurice Simon se digladiavam no carro designado para a família: em francês, ela o chamava de *pédé* e ele retrucava aos berros, fazendo gestos caras e bocas: "Allemande naziste!" Sabedor de que sua irmã nascera na Alemanha e já com uma vaga noção do que a Alemanha significou para seus pais, portanto, pior epíteto, impossível. Em muito pouco tempo, os mesmos xingamentos passaram a ser usados num português chulo, para a mortificação dos pais.

Em meio ao festival de emoções, blocos pré-carnavalescos por vezes impediam a livre passagem do curto comboio, atrasando o já tardio almoço do domingo, carinhosamente preparado pelos demais *chilovtses* de Madureira e cercanias. Talvez tenha começado já naqueles primeiros momentos de Brasil o hábito de cantarolar marchinhas de carnaval, que se tornou uma característica marcante de Leibl. Afinal, seus apurados ouvidos de quem cantou em coral continuavam intactos.

O apartamento para recebê-los, se não havia ainda adquirido o jeito, os bibelôs e, sobretudo, os aromas tão característicos de uma cozinha judaica europeia, esbanjava no sortimento das frutas tropicais típicas dos meses quentes. Recém-chegado algum resistiria ao cheiro das mangas e dos abacaxis deixados na mesa da sala, onde, num futuro muito próximo, seriam feitos deveres de casa e reuniões de *lantzmans*.

E Madureira quase chorou

Era hora de deixar a família se acomodar para que em breve fosse ao andar de cima ao encontro de antigos companheiros, alguns do Bund, outros dos mesmos infortúnios e, a maioria, de ambos. Benjamin se despediu prometendo voltar no fim de semana seguinte com sua mulher, Miriam, e os filhos.

As esperanças de Benjamin em encontrar mais parentes sobreviventes há muito estavam extintas, mas a cada vez que dizia o *Kadish* queria personalizá-lo e não conseguia. Sabia que a mãe morrera, mas para onde fora levada? Eram tantos os nomes de irmãos, tios e primos, que uma oração dedicada a eles era o mínimo que podia fazer por aqueles que, ao contrário dele, não conseguiram escapar. Queria, sim, dar um rosto a cada recitação do *Kadish*, mas precisava da ajuda do amigo e este ainda não estava disponível.

E Marml? Tinha consciência de que se todos os planos tivessem vindo a se concretizar, ela não teria passado pelo inferno? Claro que sim, mas não percebera por toda a manhã ressentimento algum por tê-la desapontado. Era um alento que estivesse casada com um grande homem, aquele que fora seu melhor amigo, e, ironia das ironias, a quem, no momento de sua partida da Polônia, pedira que tomasse conta de sua namorada. "Definitivamente, *Mensch tracht und Got lacht*"– falou com seus botões. O homem planeja e D'us ri.

Na ocasião em que finalmente tomara conhecimento de toda a trama envolvendo as irmãs Marml e Guítale, e da chegada de Leibl e Marml à França antes mesmo de *Fete* Yuma, passado o susto, surpreendeu-se com os sentimentos de alívio e de alegria de sabê-los vivos, além de uma leve pontada que ele se recusou a chamar de ciúmes. Até porque se apaixonou por Mandja e casou-se com ela... mas com quem teria sido mais feliz? Marml era mais madura e o compreendeu no minuto em que se encontraram. Não havia mistério naquela relação: era como um porto seguro que transbordava de alegria e curiosidade quando chegava de Varsóvia para as visitas. E o que deu a ela em troca? Sua mulher lhe dera quatro filhos, mas ele sabia que era pesado o sacrifício de ser mãe e dona de casa, para uma pessoa como Mandja, interessada em livros, em notícias e em viajar.

Toda a correspondência com o casal Silberman fora trocada entre os dois amigos, mas foi somente quando confirmaram que viriam morar no Brasil que Bentzion se deu conta de não saber qual seria sua reação ao rever Marml. Sentira um estranho temor à medida que se aproximava o momento da chegada.

Adormecia com facilidade, sempre exausto com o trabalho na rua pela manhã, com a ida à loja e, em seguida, a necessidade de correr a cidade por causa de encomendas dos fregueses que ele não queria abandonar até que a loja, recém-inaugurada, pudesse ser fonte segura de receita.

E Madureira quase chorou

Mas Mandja, agora com frequência, o sacudia para que os pesadelos fossem interrompidos. Durante o sono ele falava, chorava e, ao acordar molhado de suor, confirmava com ela o que dissera nesses episódios.

Tinha pressa de chegar à casa onde sua mulher, já de volta com os filhos, há muito o aguardava. Definir aquela manhã como intensa não daria a dimensão exata dos fatos. Começaria elogiando a boa ideia de levar brinquedos para as crianças de Marml e Leibl, porque tinham sido de grande ajuda até o momento de deixarem o porto. Sabia que seria motivo de chacota pelo desmaio, que ela denominaria faniquito, mas que não se preocupasse; o buquê de boas-vindas, dela para a outra Miriam, que quase desaparecera no furdunço das emoções, fora entregue.

Não via necessidade de mencionar que um dia ele e Marml foram namorados. Tampouco contar que ela estava vestida com apuro europeu, muito embora de forma oposta como estaria Mandja que, se estivesse presente ao desembarque, mais tarde faria a ressalva de que aquela cor de esmalte nas unhas das mãos era para as *curves*.

Para Bentzion, o sentimento mais forte era de que estava recebendo como presente um pedaço da família que lhe fora roubada. E prometeu a si mesmo que faria por eles o que não pôde fazer antes da tragédia.

*

Como haviam combinado na semana anterior, Bentzion trouxe a mulher e os filhos para conhecerem seus amigos de juventude.

Os participantes daquele encontro traziam expectativas diferentes: os filhos, que cresciam sem as grandes famílias, tal como nas casas dos amigos da rua, ávidos para conhecer os novos primos e tios. Miriam – cheia de curiosidade sobre a outra Miriam, referida como Marml, e também sobre seu marido, Leibl, por serem figuras do mundo de Benjamin – testemunhara por meses a fio sua diligência em procurar pelos seus; e trazê-los para junto de si, depois de encontrados.

Para Leibl, agora referido como Seu Leon, a alegria do reencontro com o amigo estaria ofuscada pelas dúvidas, não fosse pela foto de Miriam enviada por ele, referida no verso como Mandja, ao lado dos quatro filhos. Entendeu imediatamente a devoção do amigo pela mulher.

A alegria de Marml e Bentzion era simples, honesta e sincera. Procuravam o conforto que só amigos de infância ou da juventude podem oferecer, assim como ir ao sótão, afastar as teias de aranha, abrir um baú de guardados e encontrar somente os brinquedos intactos – aqueles que valia a pena guardar.

— Bentzion, sei que você está ansioso por saber o que aconteceu com a sua família próxima, mas evitou perguntar nas cartas que trocamos, estou certo?

E Madureira quase chorou

A pergunta de Leibl a Bentzion, tão logo terminaram as apresentações e trocas de presentes, foi inesperada e fez os demais olhares do ambiente convergirem imediatamente para o visitante. O perfume Chanel Nº 5 trazido para Mandja foi tampado e pousado no colo. Imediatamente, o olhar de Marml para o marido deixava clara sua contrariedade por não ter dado tempo de desfrutar o prazer de ver o sucesso da sua escolha para o regalo.

Como sempre ocorria em ocasiões de difíceis conversas sobre a Guerra, o iídiche era falado em tom baixo: a permanente vigilância para poupar os mais novos de um assunto que desafiava a lógica e que não conseguiriam explicar, do qual mais cedo ou mais tarde tomariam conhecimento. Mas os filhos já tinham sido despachados com alguns trocados para o sorvete e com os lança-perfumes trazidos de presente, que os entretinham enormemente pelo geladinho do éter na pele.

De repente, desapareceu do rosto de Marml o sorriso que ela vinha mostrando desde o momento em que os visitantes chegaram. Suas palavras teriam até soado ríspidas, caso não fosse clara sua intenção:

— Para se viver, há que olhar o futuro, não o passado — disse Marml com os olhos fixos em Bentzion. — Vamos responder às suas perguntas e nunca mais tocaremos nesse assunto.

Leibl quase pedia permissão para prosseguir e ainda acrescentou:

— Desde o primeiro minuto em que cheguei ao Brasil, Bentzion, você me pergunta sobre a sua família.

Entre inúmeras baforadas, contou que o processo de asfixia das comunidades judaicas, com medidas restritivas de trânsito, de gêneros de primeira necessidade e de vestuário, iniciado com a invasão da Polônia, em 1939, culminou com o último aperto do garrote naquele setembro de 1942, com o transporte dos habitantes de Szydlowiec para o campo de extermínio em Treblinka, onde as câmaras de gás Zyklon B os aguardavam.

Enquanto estava escondido, o chamado gueto-sem-muros era liquidado. Todos, sem exceção, deveriam se apresentar na prefeitura ou mercado às 8h00 e os que não estivessem lá seriam imediatamente mortos quando localizados. Desde a madrugada, o rugido dos caminhões pela cidade dizia o que os esperava em seguida.

As mulheres que haviam dado à luz durante a noite, se ainda estivessem dentro de suas casas, eram mortas na cama. Avós imploravam que fossem mortas primeiro para que não vissem o assassinato de filhas e netos, o que levava os sádicos a fazer exatamente o contrário do que elas pediam.

Leibl contava tudo isso com o olhar fixo em Bentzion:

— Na casa de Lefkowitz, casado com Shifra, filha de Boruch Kunowski, seu padrasto, como me foi relatado, um ucraniano à procura de valores deixados para trás, encontrou uma criança. Gritou, gritou, até que um alemão viesse à casa, a quem entregou o menino, que teve a cabeça partida com uma só coronhada de rifle. Tudo indica que havia uma combinação para que alguma família das redondezas viesse buscá-lo.

Marml parecia pedir desculpas pelas terríveis notícias, com o permanente olhar para suas mãos irrequietas. Naquele momento, o hábito da velha parceria, de proteger Bentzion, dava mostras de estar presente.

Ainda que sem lhe ser perguntado, até porque não conseguiria falar, Bentzion assentia com a cabeça para que o amigo prosseguisse:

— Sua mãe estava junto aos seus meios-irmãos quando receberam ordens de se separarem. É provável que fossem levados a algum dos campos de concentração para trabalho escravo. Eram jovens e, apesar de fracos e esfomeados, como todos nós, talvez tivessem se salvado como eu e Marml. Mas não quiseram deixar sua mãe seguir só, e foram todos mortos a caminho da estação de trem.

Parou para respirar um pouco, deu um suspiro resignado e completou:

— Não sei de seu padrasto. Temo que tenha morrido antes disso, por fome ou doença.

Calou-se. O ar expirado longamente dava a dimensão do desgaste emocional que todo esse relato lhe custou. Afinal, sua própria mãe não tivera uma sorte diferente.

Com um fio de voz, Bentzion perguntou:

— E vocês? Sei pelas nossas cartas que foram mão de obra escrava para Hasag em Skarzysko, mas não sei como foi depois de separados e mandados para Auschwitz e Buchenwald.

O leve aceno de cabeça foi suficiente para que Marml entendesse a sugestão de Leibl: que fosse aos guardados do quarto, decerto longe dos olhos dos pequenos, buscar um livro que em verdade era uma compilação de fotos tiradas pelos próprios alemães.

Ela voltou à sala com o livro e o colocou na mesa, perto de Bentzion.

A capa mostrava uma mãe com sua criança nos braços e um soldado apontando-lhe o rifle para a nuca. O movimento da saia preta dizia que ventava. Na sequência, os alojamentos dos campos de concentração, os emaciados espectros, as experiências médicas do doutor Mengele em prisioneiros em Auschwitz, as câmaras de gás e os fornos crematórios.

Enquanto Mandja e Bentzion olhavam o que seria indizível, Leibl se aproximou e foi nomeando, um a um, antigos amigos em comum, que sobreviveram juntos até chegarem a Buchenwald, onde uma explosão considerada sabotagem não só matou muitos deles ao desabar o telhado, como o dia a dia se tornou mera contagem regressiva para o fim de suas vidas, com espancamentos, fome, frio e exaustão.

Por Marml, ele sobrevivera.

Se ainda havia lágrimas ou soluços quando os filhos, agora já amigos, voltaram ao apartamento na Estrada do Portela, foram rapidamente contidos pela preocupação perene de Marml em alimentar as crianças, outro hábito nunca mais perdido. Sem o menor pejo, ela dizia: "Quem um dia passou fome se comporta assim".

Escurecia tarde. As crianças da rua ainda desfilavam suas colombinas, tirolesas e piratas, quando a família de Bentzion, com o caçula já adormecido no colo do pai, rumou para a estação de Madureira.

Durante toda a noite, Mandja precisou sacudir Benjamin para que os gritos surdos cessassem. Mas foi em vão. Agora, os personagens de seus pesadelos passavam a ter rostos bem conhecidos.

21
1957 – Tsures

Um incômodo que Miriam não conseguiria definir se insinuava. Não era a primeira vez que ocorria, mas agora lembrava quando, pela primeira vez, aquele grão de areia entrou no seu sapato, e que o tempo ou a acomodação se encarregaram de fazê-la esquecer. Vieram à memória o parto prolongado e difícil da primeira filha e todas as mudanças tão comuns na vida das mães novatas: pouquíssimas horas bem dormidas, falta de tempo para leitura, lazer quase inexistente e orçamentos mais apertados.

Benjamin chegava por volta das 14h00, dava-lhe um rápido beijo e, como de hábito, roçava à sua pele a dura barba incipiente propositalmente para que ela reclamasse. Em seguida, rumava para o banho antes de sentar-se para o almoço. Não mais. O último olhar ao sair cedo pela manhã e o primeiro olhar da volta eram para a sua primogênita.

Betty Steinberg

Os meses de noivado e início de casamento tinham como pano de fundo a Guerra, e não havia nada de concreto a ser feito. Mas tão logo o conflito terminara, era um sem-fim de necessidades de ajuda no Brasil, na Europa ou na Palestina. Benjamin não podia mais contar com a presença da mulher nas reuniões noturnas ou no fim de semana da Sociedade Szydlowiec.

Por natureza, Miriam não era dada a fazer muitas amizades. Cultivava as duas ex-vizinhas dos tempos do Estácio e só. Ainda assim, nunca houve telefonemas a troco de nada, confidências ou grandes intimidades ou dormir na casa da amiga, essas coisas corriqueiras entre adolescentes ou jovens adultos. O tratamento usado para relacionamentos diários, mesmo com pessoas da sua idade, era "senhor" e "senhora", fossem a lavadeira, o padeiro ou os vizinhos. Fazia questão de manter as distâncias que ela considerasse respeitosas.

Com os filhos crescendo, a presença de uma empregada doméstica, a energia canalizada para a Luxobell e a possibilidade de um cineminha à noite... enfim, Marml encontrara seu nicho. E se Benjamin quisesse ter no domingo à tarde um carteado com os Chilovtses, tudo bem, desde que ela não precisasse ficar fazendo sala para as respectivas esposas, especialmente Mechl, que insistia no assunto da vida no velho continente, as atividades do Partido ou os velhos laços afetivos, especialmente do seu marido.

E Madureira quase chorou

"Falar do que com elas? Sobre o 20º Congresso Comunista? Os crimes de Stálin? Não quero aprender novas receitas ou ouvir o disse-me-disse da comunidade", era o que Miriam respondia a cada tentativa de ter os casais reunidos socialmente.

Os esforços do marido em trazer a família dos amigos para a mesma rua onde moravam reavivaram aquela aresta não adoçada que, muito embora ainda não incomodasse, mostrou-se presente.

22
1961 – Um domingo de abril

> "O violento chicotear de uma cobra
> mortalmente golpeada ainda faz
> um sem-número de vítimas.
> Eichmann não era um
> homem banal: ele era o mal."

As adolescentes tinham saído para o clube judaico do bairro. Iam às domingueiras sempre que podiam, embora preferissem as festinhas da Zona Sul, onde não encontrariam os mesmos colegas da escola. Na Tijuca, voltariam juntas caminhando com algum rapaz que quisesse acompanhá-las. Essa era a regra e deveriam estar impreterivelmente às 9 da noite nos Silberman. Segunda-feira era dia de aula. Dali, os Gutman seguiriam para casa, agora na Rua Alberto de Siqueira.

Maurice tinha os ouvidos grudados no rádio e, a todo instante, Leibl vinha ao quarto ameaçá-lo de que se não parasse de gritar *mèrde*, não ganharia o radinho de pilha prometido para o seu aniversário em maio, mas era inútil: o Flamengo disputava com o Corinthians a final do Torneio Rio-São Paulo.

Já o pequeno Maurício não estava interessado no jogo. Queria brincar na rua ou ser levado para o América, o clube de futebol que ficava bem ao lado do apartamento dos Silberman. Para conseguir ouvir o jogo, Maurice Simon lhe prometeu mais guimbas dos cinzeiros deixados por Leibl na cozinha. Até o final do segundo tempo, quando já estaria escuro, não ia largar o rádio por nada.

A terceira filha, a *Wasse Katz*, estava no sítio da família de sua amiga em Jacarepaguá, o que deixava os adultos mais tranquilos. Sabiam qual seria o principal assunto daquele domingo e queriam evitar de toda maneira o susto de uma outra ocasião, quando "o livro" de fotos caiu em suas mãos sem que ninguém soubesse como. A criança ficou visivelmente transtornada.

A mesa com a toalha branca bordada por Marml já estava posta. Nunca comprara um samovar, nem mesmo na França. Preferia deixar que os hábitos e objetos que lhe foram tirados ficassem esquecidos. O que trouxesse lembranças ou hábitos da casa de seus pais, melhor deixar de lado. A louça era nova, comprada logo que chegaram a Madureira. Não cansava de se maravilhar com o esbanjamento do açúcar. Aqui eram servidas colheres cheias no café e no chá.

O lanche preparado era farto e saboroso, e não foi a primeira vez que Mandja teve de admitir que, por mais que se esforçasse, jamais conseguiria produzir aquela variedade de sanduíches e compotas. Pior: não tinha o menor interesse em fazê-lo. Cozinhava mal e por obrigação. Às longas horas de compras e cozinha, preferiria mil vezes tê-las passando lendo.

Bentzion, por sua vez, sabia escolher melhor as frutas e laticínios sem dizer que se divertia inventando receitas para o arenque, seu maior sucesso com as visitas. Mandja detestava o cheiro do arenque. O café com leite e um sonho fresco da padaria eram mais do que suficientes para o lanche da noitinha. Mais de uma vez, afastou o pensamento que nestes últimos tempos a assaltavam: de que a primeira namorada de seu marido talvez tivesse sido uma melhor companheira.

Leibl estava indócil para comentar as últimas notícias do julgamento de Eichmann. Não podia acreditar no que lia ou no que ouvia da boca da Besta! Por entender perfeitamente o alemão, sua voz tremia e repetia sem parar: "Ele está enganando a todos! Ele está convencendo os jornalistas, com essa história de que apenas cumpria ordens! E que só por ser um bom soldado teria organizado a matança de tantos quantos fosse ordenada. Alguns até repetem que todos assim se comportariam caso estivessem em situação semelhante. Enlouqueceram? Não há o bem e o mal? Consciência? Moral? Não sabem a diferença entre vida e morte?", esbravejava indignado.

Depois de alguns minutos, o volume da voz já diminuía não tanto pelo cansaço físico, mas pelo desânimo mental de alguém farto da indiferença dos intelectuais.

Marml contara para Leibl que os últimos judeus a chegarem a Auschwitz tinham sido os húngaros. Eichmann coordenou pessoalmente os comboios vindos de Budapeste, sabendo perfeitamente que a Guerra seria perdida. Ele não mais cumpria ordens. Quatrocentos mil foram transportados e mortos em questão de semanas. Só sobreviveram os poucos que conseguiram se esconder em Pest.

"A acusação ainda não falou sobre isso? Se convocado, algum dos soldados soviéticos, ainda vivo, e presente à liberação, poderá relatar o que encontrou no pátio da principal sinagoga e como ajudou no enterro coletivo ali mesmo, tão desfiguradas as vítimas estavam", pensava em voz alta Leibl.

Maurice agora urrava de felicidade. O Flamengo ganhara de 2×0 e era o campeão do Torneio. Sua paciência com o pequeno Maurício cresceu consideravelmente. Ia até ser divertido descer à rua por alguns minutos para ver o movimento das torcidas saindo do Maracanã.

Não havia mais cigarros ou guimbas à vista quando as três moças – Esther e Ana, filhas de Mandja, e Charlotte, filha de Marml – chegaram acompanhadas, o que interrompeu a conversa dos adultos sobre o julgamento de Eichmann. Ninguém tinha dúvida de que esse assunto voltaria mais cedo ou mais tarde. Era importante demais, e com o desfecho ainda por vir.

Coletivamente era até difícil lembrar que, pela primeira vez em 2 mil anos, um tribunal no Estado Judeu estaria julgando um crime sem precedentes contra milhões de judeus. Não se dependia da boa vontade ou do favor de outras nações para que a justiça fosse feita. Como teriam dito há algumas semanas durante o Seder da Páscoa, *Daieinu*.

23
1963 – Madureira

Sem as brisas vindas do mar e sem a vegetação das montanhas, Madureira, com o sol de janeiro a pino, sugeria o recolhimento para uma sesta, o que nunca foi hábito do carioca e tampouco de quem foi adotado pelo Rio.

No mesmo lugar daquele subúrbio carioca onde estava Bentzion, tomando um refrigerante no balcão, entre um e outro freguês nas suas andanças como vendedor, passou Marml igualmente no trabalho de *clienteltchik*. Carregava a sombrinha com uma das mãos e a pesada bolsa de mercadorias na outra.

A alegria e a surpresa do encontro poderiam levar a crer que não se viam há muito. Jamais se sentariam numa daquelas mesinhas quadradas de mármore se cada um estivesse sozinho; àquela época, uma mulher não acompanhada de familiares seria vista como disponível e Bentzion não se permitiria usar o tempo precioso senão para vender, receber pagamentos ou encomendas. Seu almoço seria só depois das 14h00, já em casa.

Com a esposa acamada desde o fechamento da loja por conta do rompimento da sociedade e da iminente mudança da família para outra residência, o jeito foi voltar ao trabalho de prestamista. Não mais como uma renda extra para uma viagem à Europa, que Mandja tanto sonhava fazer, e sim como o único meio de sustento naquele período.

Ainda que os fortes laços da adolescência tivessem sido reatados com os encontros de domingo, a balbúrdia não permitiria, tampouco seria desejado, que os assuntos de ordem pessoal viessem à tona. Mandja vivia um terrível conflito porque seu pai e seu marido haviam se desentendido. A quem ela devia lealdade? Ao seu pai, um homem idoso, ou ao pai dos seus quatro filhos?

Os refrigerantes frescos, mas sem gelo, bem à maneira europeia, se sucediam e nem sequer Marml e Bentzion perceberam os já impacientes e vigorosos acenos de Mechl, uma conterrânea de Szydlowiec e moradora do bairro, que os conhecera ainda jovens e certamente queria ser convidada a participar da conversa. A mesma que não perdia a oportunidade de contar, para quem quisesse ouvir, sobre a vida de Bentzion no velho continente.

A mão pousada no braço de Bentzion dizia o quanto lamentava por ele, pois até mesmo por carta podia sentir a alegria e o empenho com que a loja fora construída e mobiliada. Ela sabia também que o sucesso se devia em grande parte ao bom gosto e ao relacionamento de Mandja com os fornecedores.

No decorrer da conversa, Bentzion pôde confirmar as suspeitas de que Leibl não estava feliz, e gostaria de saber como ajudá-lo. Claro, nunca deixou de ser uma ótima companhia; continuava com seu humor ácido e o incessante cantarolar das marchinhas de carnaval, incluindo-se aí o samba *Madureira chorou*, que desde 1958, quando foi lançado, se tornara o carro-chefe do seu repertório.

Bentzion podia bem imaginar que o clima tropical era um problema para o tão querido amigo, assim como a impossibilidade de usar seus conhecimentos de tratamento de couros, além da confecção de casacos e sapatos. Nada disso deixou Leibl surpreso ou espantado, mas certamente incomodado com o desembaraço com que sua mulher, Marml, construíra uma boa clientela.

"Sim, sim, tudo isso é verdade", concordou Marml.

Mas ela não conseguia explicar ao seu interlocutor, Bentzion, que era justamente ele o maior responsável pelo problema de Leibl, cujo ciúme insidioso não poderia ser resolvido por ninguém. Afinal, não havia como mudar o passado. Só restou a Marml, ao olhar o relógio e se assustar com o avançado da hora, despedir-se dizendo ao amigo que não se preocupasse; com o tempo, tudo aquilo haveria de passar.

*

Marml abriu a porta do apartamento para um silêncio que não era o habitual, acrescido de uma quantidade ofensiva de fumaça de cigarros.

Chegava cansada do longo dia de trabalho e compras na cidade. O calor, somado às multidões à procura dos lança-perfumes, plumas, paetês e colares havaianos, fazia com que o hábito europeu das meias de seda e dos saltos, ainda que não muito altos, a deixasse sonhando com o chuveiro frio antes de começar sua atividade preferida do dia: o preparo do jantar da família.

Já ia se descalçando quando surgiu a figura de um Leibl como só em Skarzysko tinha visto. Um misto de raiva, desespero e talvez asco. A única frase que ela conseguiu balbuciar foi: "Onde estão as crianças?"

Depois de ouvir que tinham sido mandadas ao cinema e que não estariam de volta antes das 20h30 (num resto de lucidez ainda pensou "Maurice precisava fazer os deveres da segunda época"), pôde tirar o outro sapato e pousar as bolsas de mercadorias numa das cadeiras da sala de jantar. Algo de grave havia ocorrido, mas, uma vez assegurada a respeito dos filhos, muito pouca coisa seria capaz de aterrorizá-la, além das lembranças nos pesadelos noturnos.

Os minutos seguintes foram uma saraivada de acusações que Marml não conseguia nem sequer compreender, tamanha era a mistura de iídiche, polonês, francês e português.

E Madureira quase chorou

Como? Reatando o relacionamento com Bentzion? Encontros à tarde em Madureira? As ondas vinham cada vez mais altas e, a cada uma, ficava mais difícil ouvir e responder. Visita ao ginecologista? Aborto?

Ainda havia a luz do dia, e no segundo andar o verde das árvores deveria estar entrando pela janela assim como as fachadas dos prédios do outro lado da pracinha, porém nada mais podia ser visto. Seus sentidos estavam paralisados por uma sensação de perigo. Tantas foram as ocasiões em que esteve prestes a perder a vida, mas aprendeu a se defender fingindo não ouvir ou sentir. Naquele momento não tinha forças para falar. Queria falar? Queria explicar? Deveria se defender?

Do instante em que Leibl dera ouvidos a Mechl, nem ao menos perguntou à esposa ou a si mesmo se aquela história poderia ser verdadeira. Não procurou saber como ela tivera conhecimento dos fatos, e nem sequer imaginou qual seria a reação de sua mulher diante de tal acusação. Ele só não esperava o silêncio de Marml. Se antes estava sufocado pela angústia da dúvida, agora estava perdido quanto ao que fazer nos momentos seguintes.

Ela continuava sentada à mesa, suas mãos espalmadas ainda sem saber como deveria reagir, quando Leibl foi ao quarto. Marml ouviu o cofre se abrir – instintivamente sabia que ele estava à procura do passaporte. De volta à sala avisou que aquela noite dormiria num hotel e embarcaria para a França no primeiro navio. Ao sair, batendo a porta, não levava nem mesmo uma bolsa de mão.

Benjamin chegaria ao edifício na Rua da Cascata dos Amores, em Teresópolis, pouco depois das 17h00 daquele sábado, como de hábito, para juntar-se à família em seu descanso semanal de verão. As filhas mais velhas subiam e desciam a serra com mais frequência, dependendo das festas e bailinhos pré-carnavalescos ou até mesmo por preferirem as praias, mas Miriam e os menores passavam ali todo o verão indo às piscinas de água corrente e brincando nos pilotis do prédio, sempre aos bandos.

Subiu os dois lances de escadas com agilidade e segurança, ainda que tivesse nas mãos os pacotes das frutas e doces mais exóticos garimpados em suas andanças pelo centro do Rio, à procura de mercadorias para os fregueses.

Tudo parecia normal: a porta permanentemente destrancada, sua mulher lendo no sofá turquesa de pernas-palito, fininhas, que tanto o desgostava, mas que ela escolhera. Ao se aproximar, porém, foi recebido com tamanho desprezo no olhar, que precisou dar um passo atrás para não ser atingido fisicamente. As palavras vieram calmas: "O que está fazendo aqui? Seu lugar é com seus amigos de Marechal Hermes, Bento Ribeiro, com aquela gente de Szydlowiec; vocês se entendem melhor".

Miriam não pedia explicações, simplesmente expunha aquilo que sentia sem esperar a pergunta lógica do interlocutor: do que você está falando?

Não havia lágrimas, tampouco raiva. O que se ouvia era uma litania de acusações acumuladas de tantos anos, terminando com a afirmativa: "Você vai ser mais feliz com ela".

Benjamin não sabia se devia se ofender e desmentir. A única coisa que naquele momento importava é que se recusaria a ser um despossuído de família própria, vivendo como fora por tantos anos, ora sob a guarda da avó, ora de favor com os tios. Não mais seria o coitado órfão de uma família que já havia constituído à custa de ter se tornado quase um animal de carga. Entendia perfeitamente o que Miriam dizia – até porque não teria sido a primeira vez que esse tipo de comentário vinha à baila –, mas não sabia qual era a acusação. Essa tempestade teria de passar até o dia seguinte à tarde, quando ele tomaria o ônibus de volta ao Rio, ou pelo menos na próxima semana.

*

Do instante em que saíra batendo a porta do apartamento da Campos Sales, com Marml ainda sentada à mesa da sala de jantar, Leibl entendera que não voltaria àquela casa, assim como jamais voltaria a Szydlowiec. Fora traído em ambos os lugares.

Estava seguro de que seu retorno à França seria de navio – ainda que não tivesse bagagem alguma, o que justificaria voar diretamente para Paris. Precisava de espaço e tempo para pensar nas consequências de sua reação, inclusive no que fazer ao chegar a Paris; a contínua imensidão das águas lhe ofereceria exatamente isso.

Começara a amar Marml quando de sua primeira carícia nas orelhas de Hint ao chegar para a apresentação da jovem ao Bund. Nada diferente das carícias em Hint que fizera aquele que fora seu melhor amigo. Um sorriso de lábios contraídos pelo azedume do pensamento quase provocou uma gargalhada; agora sabia quem fora seu melhor amigo. Ao menos seu amor pelos animais fora recompensado com algumas rações a mais quando o cão do comandante em Skarzysko se afeiçoara a ele.

Sempre soube o quanto Marml amara Bentzion. Quando este foi para Varsóvia e, depois, veio para o Brasil, ele, Leibl, era feliz em substituir ou simplesmente compartilhar com ela a falta do amigo. Mas à medida que a separação se estendia ano após ano e depois de enfrentarem juntos o verdadeiro inferno, acreditou que o sentimento de camaradagem havia se transformado em amor. Acreditou que se mantiveram vivos um para o outro. O recomeço da vida em liberdade e a chegada dos filhos haviam sido conquistas extraordinárias, mas, naquelas horas de desespero, se desfaziam como castelos de areia construídos pelas crianças à beira do mar.

E Madureira quase chorou

Não se despedira de ninguém. Decerto Marml saberia o que dizer aos filhos. Quanto às pessoas conhecidas, inclusive os Chilovtses, não era mistério o seu desconforto físico no calor, que também não permitia o uso de sua habilidade na confecção de casacos de couro. Quantos comprariam seus casacos ou os pesados sapatos? O trabalho com vendas à prestação de mercadoria de porta em porta se mostrara além de sua capacidade, até porque era custoso, para ele, o relacionamento informal com a freguesia.

Sempre soubera o motivo de sua relutância em mudar-se para o Brasil. Aos olhos de Marml, Bentzion era aquele que não fora maculado pelos campos. Agora, como nunca, estava seguro disso. Conheceu o horror por fotos, filmes e relatos. Não ficara marcado na pele ou na memória pela bestialidade. Sim, claro, sofria pela perda de um sem-número de parentes próximos e distantes, mas guardava a pureza e a mansidão da juventude. Até mesmo os filhos de Bentzion eram tratados por Marml como se fossem dela.

Os dias em alto-mar, ainda sem saber se a família voltaria a se reunir, foram de grande sofrimento. Que escolha faria sua mulher? Permaneceria no Brasil? Como saber? Nem ele mesmo tinha claro se queria sua presença. Naquele momento só uma certeza: ficar distante dos filhos seria insuportável.

Um misto de calma e resignação aumentava à medida que se aproximava do Havre, uma vez que resolvera, por ora, se concentrar naquilo sobre o qual tinha algum controle, ou seja, em como retomar o antigo negócio.

Não haveria ninguém esperando no cais. Estaria sozinho na cama de um hotel simplório e não teria Marml ao lado dividindo as decisões de mais um recomeço. Concluir que estava correto em seus temores quanto aos riscos da mudança para o Rio de Janeiro não lhe proporcionava alento nenhum.

*

As horas de descida da serra eram sempre penosas para Bentzion, por deixar para trás aquele fresquinho que tanto prezava, mas desta feita se tornaram intermináveis; precisava com urgência saber se a mesma tormenta fustigava a casa dos amigos Marml e Leibl.

Foi à casa deles na noite seguinte, e encontrou um ser literalmente abandonado. O aspecto, como de costume, era impecável, mas não viu o largo sorriso com que habitualmente Marml o saudava. Ao fundo, os acordes da conclusão do *Repórter Esso*, na TV, lhe diziam que o horário não era apropriado para uma visita de surpresa.

Ainda não tinha terminado de olhar à sua volta e de perguntar por Leibl, ou se desculpar pela chegada sem nem sequer um telefonema, e o chá já se materializava na companhia do pão de ló. Os últimos 7 anos de convivência restabeleceram uma comunicação sem palavras, mas onde estava o amigo?

— Disseram a Leibl que reatamos nosso relacionamento. Saiu de casa na sexta-feira dizendo que voltaria para a França e que, se eu quiser... que o encontre lá. Acredito que vá de navio. Não sei quando partirá, se é que já não partiu. — Era uma autômata que falava.

Deixar Marml sozinha naquele momento era impensável. O peso que carregava de não tê-la salvo antes da *Shoá* não o abandonava e não seria agora, numa situação em que era parte do problema, que iria se abster.

— Marml, o que posso fazer por você e pelas crianças?
— Foi o que conseguiu dizer, antes mesmo de pensar nas consequências da pergunta.

Mas foi ela que o salvou daquele instante de perplexidade, pedindo que a deixasse esperar o filho chegar da rua e deitar-se para trabalhar cedo no dia seguinte, acrescentando:

— Essa não será a primeira vez que suas intenções são as melhores, mas estão muito longe do que a realidade exige, Bentzion.

Ela não queria acusá-lo de ser responsável por seus infortúnios, mas precisava chamá-lo ao aqui e agora. E continuou:

— Você é um homem casado e pai de quatro filhos. Meus sentimentos em relação a você não mudaram, mas no passado fiz escolhas das quais não me arrependo. Mais uma vez, a decisão será minha.

Ele estaria mentindo se dissesse que estava tomado pelo mesmo horror que experimentara naquele setembro de 1939. Mas o sentimento de que sua antiga e fiel companheira, mais uma vez, tinha sido deixada sozinha para desarmar as armadilhas do seu caminho, sem que ele pudesse ajudar, lhe causava imensa dor.

Marml, por sua vez, havia experimentado situações-limite nos campos de concentração. Questões de vida ou morte foram enfrentadas diariamente. Sabia a diferença. Só não imaginara ter de usar de toda a sua força para deixar para trás os últimos magníficos 7 anos.

*

Os filhos perguntavam com frequência pelo pai. E foi na presença deles que, depois de algumas poucas semanas de autoquestionamento, a decisão foi anunciada: voltariam a Paris antes do próximo ano letivo na Europa, quando to-

E Madureira quase chorou

dos os negócios no Rio estivessem concluídos, inclusive a venda do apartamento.

As meninas foram chorar juntas no quarto, Maurice Simon não sabia a quem chutar com sua raiva e foi para o clube com Maurício.

Bentzion e Marml entendiam a triste dimensão do momento. As partidas no passado eram acompanhadas de sonhos e planos a que só aos jovens é dado o direito. Naquelas ocasiões, por não saberem o que estava por vir, sentiam uma dor que os românticos nas artes veem com beleza, mas não havia romance ou poesia nesta partida. Em verdade, era uma ruptura.

Quer tivessem sido namorados, noivos ou amantes, não importava; o fim sem fantasias se aproximava e a chance de se reverem era quase nula.

Cessaram as frequentes tardes de domingo das duas famílias. Se Mandja, antes, já não fazia questão alguma, agora nem pensar. Sua cordialidade continuava, senão por outra razão, porque os filhos ainda frequentavam ambas as casas e Bentzion ia com frequência levar e buscar o caçula na Rua Campos Sales.

Com poucos dias faltando para o embarque, talvez no que fosse a última chance de estarem sozinhos, Bentzion – já se desculpando pelo que suas palavras pudessem causar – perguntou a Marml se ela alguma vez duvidou de suas intenções de trazê-la para o Brasil e de se casarem.

— Acompanhava aflita os obstáculos que você encontrava e jamais duvidei de seus sentimentos em relação a mim ou das suas intenções. Mas o que você realmente quer me perguntar é se eu o culpo pelo *guehenem* pelo qual passei, e a resposta é "não".

O passo à frente, de alívio ou agradecimento, prenúncio de um abraço, foi freado com um aceno de cabeça, como a dizer: "Por favor, pare". E ela acrescentou:

— Também não guardo ressentimento de nunca ter sido olhada com os mesmos olhos com que você olha sua Miriam, mas acho que você nem imagina o quanto eu esperei por um olhar assim.

24
1963 – De volta à França

Rio de Janeiro, 2 de abril de 1963.

Leibl,

Decidi voltar a Paris.

Charlotte e Simon não estão felizes com a sua ausência e muito menos com a minha decisão, mas penso que você é muito importante em suas vidas.

O apartamento já está à venda, assim como grande parte do mobiliário.

Comprarei as passagens de navio para Cannes. Será uma forma de ajudar as crianças com a transição Brasil-França. Ficaremos lá por algumas semanas antes de seguir para Paris. Avisarei a data da nossa chegada.

Se ainda quiser manter a família junta, vá nos encontrar no sul. Tão logo decida, nos avise.

Não tenho planos para além da estada em Cannes.

Marml

*

Telegrama recebido de Paris por Marml em 010563:

AVISAR DATA CHEGADA CANNES. FAREI RESERVA MESMO HOTEL

*

Com quantas despedidas um coração para de bater? Marml tinha poucas certezas além de que a sua missão no momento era o bem-estar de seus filhos. Eles precisavam de um pai. Eles precisavam de Leibl. A decisão tomada era a mais certa possível naquelas circunstâncias. Famílias permanecem juntas não importa como, repetia para si mesma como um refrão.

O Pão de Açúcar ia se distanciando, o prédio do jornal importante também, o lindo edifício branco do terminal de passageiros – em Paris, voltaria a ver muitos parecidos –, mas as últimas imagens eram de Bentzion e dos filhos. Mandja não estava lá. Marml entendia o mal-estar, ainda que isso a machucasse.

Enquanto preparava um bolo a ser oferecido no cais, pensava que seria menos dolorosa uma despedida mais curta, mas não poderia impedir a presença dos filhos no ritual de separação. Do minuto em que se conheceram, quando ainda pequenos, os Silberman e os Gutman se sentiam como família e agiam como tal.

E Madureira quase chorou

Os resmungos de Maurice não tinham fim. Tirá-lo da rua e da molecada para que se arrumasse e colocasse as roupas escolhidas para a partida havia exaurido o resto da sua paciência. Tentava se convencer que o tempo curaria a dor de seu menino, magoado com o pai.

Já soava o terceiro apito do navio, a escada prestes a ser içada, quando Wasse Katz foi retirada da cabine. "Também vou para Paris", dizia ela. Foi o único motivo de risadas por algum tempo. Estava difícil dar por encerrados os abraços de Charlotte e Esther, Marml e Ana, que nem o tempo ou a distância viriam apartar.

Naquele momento, dava-se conta de que nascera e crescera num continente em que afeição não é oferecida com demonstrações de carinho físico, e no Brasil fora diferente. Aprendera a dar beijos e abraços. Até suas freguesas se tornaram amigas e confidentes.

A mãe tentava guardar forças para ajudar a filha. Sabia o quanto estava custando àquela menina-moça manter a altivez e o falso orgulho de ir morar num lugar tão especial como a França. Ela não choraria na frente da família e dos amigos, que cantavam as músicas do coral dos jovens do qual participava e dançavam *hoiras* em pleno cais. Mas Marml sabia perfeitamente, e para o resto de sua vida, o que significou para os três abandonar a vida do Rio de Janeiro naquele julho de 1963.

Quando ficasse a sós, ponderaria se fora acertada a decisão de não aceitar o presente de Bentzion trazido para a despedida. O broche com o seu monograma – MS – era lindíssimo. O mesmo desenho e estilo das letras MG que Mandja desenhou e ela tanto elogiara. Evitaria a todo custo que mais um gesto de agrado de Bentzion se tornasse uma fonte de dissabor para Leibl, o que se repetira tantas vezes desde a chegada ao Brasil.

Tudo o que não precisava era de mais um confronto, ou, como se diz no Brasil, *sarna pra se coçar*.

*

O verão no sul da França tinha encantos e sofisticação para todas as idades, sobretudo para os adolescentes, dando-lhes a chance de se sentirem em férias, além do prazer de terem por perto o pai, que ao cabo de alguns dias se mudaria para o quarto da mãe, no hotel em Cannes onde ele esperou Marml e os filhos.

A prioridade do momento era o apaziguamento do casal, e o calor, o mar e a areia ajudavam. Eles armazenavam forças, pois sabiam que os filhos enfrentariam em Paris um cinzento outono, a chegada do frio e o início de um ano letivo numa escola onde não conheciam ninguém. A filha fora excelente aluna na Escola Israelita, no Rio. O filho nem tanto, mas seguia em frente.

Quando perguntavam onde morariam, a resposta era simples, pois seria em Bellevue, mesmo lugar de onde haviam partido em direção ao Rio de Janeiro, 7 anos antes. O problema era que o outrora bairro de recém-imigrados judeus se transformara "numa favela", como um dia Charlotte descreveria.

O cômodo único tinha espaços designados e sem paredes para oficina de trabalho, cozinha, sala de jantar e quarto de dormir. Para os pais, a dureza do recomeço era parte da vida, a partir da escolha feita por Leibl. Mas para os filhos significava um rompimento brusco, depois de um bom tempo vivendo num apartamento cheio de luz, com seus quartos próprios, muitos amigos, programas para grupos de jovens, atividades esportivas num clube ao lado de casa e, no caso de Maurice Simon, sua paixão pelo Flamengo. Nunca deixaram de amar e cuidar de seus pais, mas tampouco perdoaram a decisão.

Reconstruir era preciso. Depois dos primeiros e embaraçosos dias de reunião do casal, em que a única certeza era de que ambos queriam ou precisavam estar próximos, o desabafo de Leibl se fazia urgente.

— Quis tê-la como minha mulher desde o primeiro dia em que foi ao Bund. Você preferiu o Bentzion. Quando nos casamos, nunca lhe perguntei sobre *di gehaimenis of di iberbet*, "os mistérios sob os edredons", porque o passado não me interessava, assim como nunca perguntei se era verdade o que ocorreu no Brasil, embora tivesse medo de saber. Esperei em vão que negasse ou se defendesse, e você ficou calada. Mas neste momento quero saber se a única razão de estar na França são nossos filhos. Se assim for, nós os criaremos juntos, porém morando separados.

A resposta de Marml foi clara: estava ali porque se decidira por uma família reunida sob um teto. De outra forma, teria ficado no Rio de Janeiro, onde estava feliz, independente e adaptada.

Foi na Rue Vielle du Temple, no então esquecido e centenário bairro judaico do Marais, que o dinheiro da venda do apartamento da Tijuca pôde pagar o aluguel e onde escolheram uma loja para a venda dos belos casacos de couro que um dia encantaram os algozes de Leibl. Juntos, mais uma vez, lutaram como leões e prosperaram.

25
1963-1993 – Separados, porém misturados

A primeira correspondência para os Gutman vinda de Paris trazia a foto de Maurice Simon: postura ereta, sério, o tradicional xale de rezas, que usava pela primeira vez no dia de seu *Bar-Mitzvá*, pousado nos ombros. Trazia um solidéu branco à cabeça e, nas mãos, o livro de rezas aberto. Uma fotografia bem típica para a época.

Benjamin percebeu a emoção causada pela imagem e achou por bem conter o ímpeto de repetir o que dizia nas ocasiões em que via livros de caráter religioso serem presenteados aos jovens: "Seria melhor ter lhe dado um guarda-chuva!", e, para o interlocutor, geralmente confuso pelo comentário, finalizava: "Pelo menos, o guarda-chuva ele abriria vez por outra".

O retrato passou de mão em mão e Miriam particularmente se emocionou com a dedicatória que dizia "lembrei *du* bolo". Ele se referia a um pavê de biscoitos champanhe, a única sobremesa que ela sabia fazer e que com prazer havia preparado especialmente para ele no dia da partida. O português escrito do rapazinho sofria o primeiro revés.

Charlotte foi a primeira das filhas a se casar e seguiu os passos dos pais ao iniciar com o marido um próspero negócio no ramo do vestuário de couro. Alguns anos mais tarde, Maurice Simon juntou-se a eles.

E sem demora vieram os netos. Mais um forte sopro de vida para Leibl e Marml.

Também no Brasil, um novo ciclo de vida se iniciava: um a um, os filhos de seus amigos se casaram e uma nova geração veio chegando.

Após o desentendimento com o sogro, o fim da sociedade e o fechamento da loja, Benjamin voltara a trabalhar em tempo integral nas ruas dos subúrbios do Rio de Janeiro, chovesse ou fizesse sol; e Miriam, sem a sua sonhada e bem tocada loja, retornava ao que considerava seu borralho.

Ainda assim, passados alguns poucos anos, recebiam o Sr. Jacob e D. Regina para visitas no sábado à noite. Como naqueles anos a norma era de, no máximo, uma televisão por casa, Benjamin, para seu dissabor, nem sempre podia assistir a programas que adorava como *Mister Ed*, o cavalo que falava, ou *Os Flintstones*. Por sorte, *Zorro* e *Rin Tin Tin* eram transmitidos em dias de semana.

E Madureira quase chorou

Com os filhos já crescidos, não mais os levava aos domingos ao Cine Metro da Praça Saens Peña para as matinês de Tom & Jerry, que o faziam rir, relaxar e ir para um universo onde tudo era possível.

O mundo continuou a ter revoluções, culturais ou não, como os movimentos militares de tomada do poder, em 1964, no Brasil; em 1968, na França, ou em Praga naquela mesma primavera; assim como no Chile, na Argentina e no Uruguai na década seguinte. Hábitos e política mudavam, causavam apreensão, mas a perspectiva de extinção em caráter pessoal só foi sentida novamente às vésperas de 5 de junho de 1967, quando a televisão mostrou cenas de covas sendo abertas nas cercanias dos centros mais populosos do jovem Estado Judeu, tropas das Nações Unidas abandonando a fronteira entre o Egito e Israel, por ordem do secretário-geral U Thant, e o Estreito de Tiran bloqueado pelo presidente Nasser. Se o julgamento de Eichmann fora catártico onde quer que houvesse uma comunidade judaica, naqueles dias o medo e a impotência voltaram.

A vitória daquela guerra em apenas 6 dias, com a destruição da força aérea egípcia ainda em solo, foi um divisor de águas nas comunidades judaicas ao redor do mundo. Muitos, com orgulho, levantavam a cabeça pela primeira vez. A psique judaica sempre fora de "não fazer onda".

Betty Steinberg

Não muito diferente foi vivenciar, ainda que à distância, a Guerra do Iom Kipur, em outubro de 1973. Num dia dedicado ao jejum, à oração, ao arrependimento e ao perdão, em que até os menos praticantes dos rituais se fazem presentes numa sinagoga, foi ali que as notícias chegaram como um soco no estômago. Na memória coletiva, está gravado o momento em que os oficiantes dos serviços religiosos distribuíram lápis e papel para congregantes: ainda que proibidos pelas Leis da Torá, entre outras atividades, a de escrever, eles anotavam as suas doações.

A luta da primeira-ministra, Golda Meir, junto ao presidente norte-americano, Richard Nixon, para conseguir armamentos e reposição de munição se tornou enredo de peças teatrais, tão brutal fora aquele embate. A *realpolitik* de Henry Kissinger, secretário de Estado, mostrava as garras, mesmo ao lidar com aliados.

O hábito de viagens internacionais de férias ou a trabalho se tornava menos proibitivo e permitia que a segunda geração permanecesse em contato dos lados de lá e de cá do oceano. Invariavelmente, e com discrição, notícias a respeito do bem-estar dos pais eram trocadas durante os encontros. Para os visitantes da família de Benjamin, a recepção em Paris reavivava as memórias das mesas deliciosas e fartas de Marml, e o permanente fundo musical das melodias de carnaval cantaroladas por Leibl, sobretudo o samba *Madureira chorou*, a sua favorita.

E Madureira quase chorou

O carnaval de 1980, porém, chegou de forma dramática, com muito susto e pranto: Benjamin acordou no domingo com dores lancinantes no braço esquerdo, consequência tardia de um acidente de ônibus, meses antes, no Aterro do Flamengo, ao voltar para casa, agora em Copacabana, depois de visitar clientes da Zona Norte. Os exames para pesquisar a origem do problema apontavam a compressão de um disco na coluna cervical. Uma cirurgia foi realizada, aparentemente com sucesso, quando, então, uma traiçoeira infecção no olho esquerdo se alastrou, indo lesionar, de maneira irreversível, o local da intervenção.

Por isso, tiveram de cancelar a viagem programada para algumas semanas depois, tão sonhada por Miriam, pois voltariam à Polônia, ainda que detestada por Benjamin.

Foram 30 dias de hospitalização e outros 100 de tetraplegia. Intensa fisioterapia e uma vontade férrea de lutar puseram Benjamin de volta sobre as próprias pernas, que poderiam ter sido de um atleta, e todo o infortúnio culminou com um homem bonito de 62 anos a perdendo o globo ocular.

Miriam, que teve a privacidade da casa violada pelo entra e sai de enfermeiros, cuidadores, fisioterapeutas, sem falar no cancelamento da sonhada visita à amada Bodzentyn, sentiu-se negligenciada por aqueles que a cercavam.

No início do ano de 1984, para imensa surpresa e alegria da família e de todos que o conheciam, Benjamin aceitou dois convites: um verbal, para visitar os Estados Unidos, onde uma das filhas residia havia pouco tempo, e o outro, impresso em inglês, no qual seu primo Stanley Tenembaum e a esposa deste, Ellen, convidavam para o casamento de Cecília Tenembaum no mês de julho.

Era domingo de muito sol e calor; num bonito salão de festas em Westchester County, no Estado de Nova York, sentaram-se à mesma mesa os primos Bentzion, filho de Bajla, nascida Tenembaum, Schmuel, agora Stanley, e sua irmã Rachela, vinda de Israel para a ocasião, filhos de Moishe Tenembaum, Ita, a filha mais velha de tia Clara, nascida Tenembaum, e Ruska, filha de Dawid Tenembaum. Não houve choro ou reminiscências dolorosas. Os primos quiseram aproveitar o momento apenas para sentir a intensa felicidade do milagre, como se reportasse ao mandamento divino: "Coloco diante de vocês a vida e a morte. Escolham a vida, para que vocês e seus filhos vivam" (Deuteronômio, 30:19).

Nesta mesma viagem, Benjamin foi ao Brooklyn, na cidade de Nova York, o que propiciou um encontro com Yankl Silberman, já viúvo de Elka. Na ocasião, ouviu, sem interromper, ainda que já tivesse sabido por Leibl o que Yankl passou junto à mulher, irmãos e cunhada. O que Benjamin não sabia era que o ex-sócio de Yankl, ao embrenhar-se por Sodek, encontrou outros *partisans* de Szydlowiec e que, após a Guerra, seguiu para a Palestina, onde

E Madureira quase chorou

lutou e morreu como um membro da Haganá (organização militar precursora do Exército de Defesa de Israel).

Yankl estava feliz por ter conseguido, com muito esforço, junto a outros abnegados, coletar e editar um livro com o testemunho de sobreviventes e um adendo em forma de memorial de Szydlowiec. A maior dificuldade ficara por conta do fato de a maioria dos sobreviventes se recusar a falar sobre o assunto.

Em meio a reencontros improváveis, histórias de sobrevivência ou viagens por esconderijos onde os sentimentos de perda vagavam, uma simples ida ao supermercado local se mostrou única e poética.

— Mandja! *Kick un! Yadges! Málines!* Mandja! Olha isso! Mirtilos! Framboesas!

Para um habitual freguês daquele estabelecimento, eram apenas frutas vermelhas para alguma sobremesa. No caso dos nossos personagens, eram sua infância e juventude deixadas em florestas, muito, muito distantes.

Se Maurice Simon pudesse escolher, as festas de fim de ano seriam, de preferência, em Búzios. Desnecessário dizer o quanto ficou abalado durante a primeira visita, ao reencontrar "Seu" Benjamin tão transformado fisicamente. O mesmo choque sofreu Charlotte ao chegar ao Rio de Janeiro, por ocasião do *Bar-Mitzvá* do filho mais velho de Esther. Vinha já alertada do que encontraria e com a missão de trazer o recado da preocupação de sua mãe com o amigo.

Ao voltar a Paris, Charlotte levava uma lembrancinha de agradecimento pelas palavras amigas e carinhosas mandadas por Marml que, pela segunda vez, preferiu não aceitar um presente de Bentzion. O mimo foi para um cofre da filha, e nunca mais viu a luz do dia enquanto Marml viveu.

Paris, sendo Paris, foi ponto de passagem para a Copa do Mundo de 1990, na Itália, e deu oportunidade para mais uma geração, agora a das netas de Benjamin, de conhecer pessoas queridas e importantes na história da família. Passaram o dia de domingo na Normandia com a família de Charlotte e, à noite, levadas pelo irmão Maurice, foram conhecer D. Miriam e "Seu" Leon, que ainda falavam um excelente português, facilitando muito a conexão com as crianças que vinham de longe. Desnecessário mencionar o desvelo com que foram tratadas. Não podiam acreditar que eram as filhas da Wasse Katz, uma delas já adolescente.

Um observador atento àqueles encontros perceberia a importância dessa transmissão de carinho, respeito e reverência de geração para geração e reconheceria ser esse o material que dá raízes e significado à vida dos participantes.

26
1993 – Reconciliação

A localização, na esquina da Rua Marbeuf com o Champs-Élysées, era conveniente para todos, sobretudo para os visitantes, que adoravam caminhar. Um local alegre e até mesmo um pouco barulhento, perfeito para evitar os embaraços de possíveis silêncios prolongados. Maurice Simon fizera uma boa escolha para uma ocasião tão delicada. Charlotte e o marido gostariam de estar presentes, mas o ensaio para a grande ocasião e os detalhes de última hora não permitiram.

O envio do convite de casamento de um neto só poderia significar o desejo de uma reaproximação e, para isso, nada como uma ocasião de ritos milenares, sonhos e esperanças.

Do instante em que o convite destinado a M. et Mme. Benjamin Gutman chegara às suas mãos alguns meses antes, ele declarou que queria ir, decidido a deixar claro ao velho amigo que absolutamente nada ocorrera entre ele e

Marml durante sua estada no Brasil. Miriam dizia "não" ao convite, mas a Paris, com certeza, iria com prazer.

Até algumas horas antes da reserva, Miriam ainda era uma incógnita. Só estavam seguros de que Marml, Leibl, Benjamin e filhos estariam no encontro. Com um jeitão já conhecido por todos, declarava que o assunto não lhe dizia respeito, e não fazia questão alguma de qualquer aproximação. Sabia perfeitamente que os filhos se falavam e se encontravam nas idas e vindas ao Rio ou a Paris, não desaprovava em absoluto, e inclusive os recebia com prazer em sua casa. Só não queria fazer parte daquela confraternização.

Diferentemente das filhas, que prepararam suas malas com apuro, incluindo os diversos trajes apropriados para cada um dos eventos, Miriam propositadamente não o fez, coerente com a sua recusa de estar nos festejos.

As negociações para a sua ida ao jantar daquele sábado se intensificaram à tardinha, ao voltarem do cabeleireiro. Benjamin sentiu que, quanto mais insistisse, só pioraria a situação. À medida que o grupo se encaminhava ao hotel, com a troca constante das filhas como interlocutoras, os argumentos foram se esgotando e, ao chegarem ao elevador, já se instalara o nervosismo. A irritação geral era prenúncio de alguma cena de mau gosto, que todos tentavam evitar.

Não era a melhor solução, e foi a última cartada de uma das filhas, conhecida pelo pavio curto, que sem mudar a entonação, mas num tom de quem dava o assunto por encerrado disse: "Não quer ir? Então não vá! Só me esquece até o fim da viagem! Tô fora!", e entrou no quarto batendo a porta com força.

Às 19h45 estavam todos no saguão, prontos para seguirem até o restaurante. Benjamin estava visivelmente aliviado com a presença da mulher, ainda que tenso ao lado da filha, que lhe dava o braço. Os dois, naquele momento indo mais à frente, precisavam manter certa distância de Miriam, o que não era difícil de ser conseguido com tantas vitrines no caminho.

Paris decididamente estava gloriosa, naquele anoitecer de junho, e ninguém pensou em se colocar no lugar de Miriam e ter empatia com seus dramas internos. Nunca souberam se foi ao jantar unicamente para não contrariar a filha. Na definição do que são tragédias, não havia espaço para simpatia com ela, por não ser feliz no casamento, quando comparada com o que os outros personagens daquele drama tinham passado, incluindo-se aí os 13 anos de estoicismo com que o marido lidava com suas sérias limitações físicas.

Ao cabo de 15 minutos, pontualmente chegaram ao restaurante. Se tivesse havido uma combinação de quem fazer o quê, a situação não teria sido mais bem executada.

Benjamin se dirigiu a Leibl com os braços abertos, andar penoso e as mãos permanentemente entreabertas. Talvez o choque em ver o ex-vigoroso amigo tão vulnerável, ou em ouvir suas palavras – "precisamos conversar e esclarecer" –, tenha transposto qualquer resistência que Leibl porventura tivesse. O abraço ficou parado no tempo.

Miriam já ia estendendo a mão, mas Marml a abraçou primeiro. Não houve troca de palavras, mas Miriam com seu traquejo social e uma linda presença, não fez feio. Os quatro filhos presentes só puderam baixar os olhos ante tamanha dignidade frente a tanto sofrimento. A mesa ficou dividida entre filhos e pais, mas claramente faltava privacidade para a tão necessária conversa. O sabor da cozinha alsaciana não foi sequer notado, mas o alívio desse primeiro momento era tudo que se podia querer naquela situação.

Dali, os Silberman seguiram com o filho para casa e os Gutman caminharam para o hotel ali perto. O dia seguinte, com a cerimônia religiosa à tarde e mais a festa... todos precisavam de um bom descanso.

Mais uma vez, Benjamin ia à frente, agora com a filha mais velha. Ficou calado por um bom tempo e pediu desculpas por entender que o assunto não era próprio para uma conversa entre pai e filha, mas precisava dizer e jurar não ter havido nada entre Marml e ele durante os anos em que a família Silberman vivera no Rio de Janeiro. Não se estendeu sobre o passado na Polônia; era evidente o seu desconforto. A filha o deixou no quarto não sem antes perguntar se precisava de alguma ajuda.

A delicadeza de darem a Miriam e Benjamin os lugares de honra designados para os avós dos noivos, durante a cerimônia religiosa na bela e antiga sinagoga do Marais, foi notada pelos presentes ainda que não soubessem de quem se tratava. Afinal, os noivos não podiam ter tantos avós assim.

Quando as emoções já não mais tinham por onde extravasar, Marml segurou as mãos das três filhas de Bentzion e pediu, diante da arca sagrada do santuário, que prometessem sempre tomar conta de seu pai. Ele era um bom e honrado homem.

Naquela noite, com a privacidade da mesa de apenas quatro lugares, alheios a tudo e a todos, apesar de estarem em meio a 300 outros convidados da festa, os casais conversaram. A cada tentativa de abordagem por parte das equipes de vídeo e fotografia, estas se retiravam abanando a cabeça negativamente, pois não se atreviam a cumprir as ordens recebidas de ter os avós do noivo e seus amigos do Brasil em múltiplas fotos e filmes, como lembrança daquele momento único.

Não era sequer necessário enxotar os intrusos; sentados àquela mesa, os quatro personagens só tinham olhos uns para os outros. As lentes não conseguiam captar nada além de nucas ou testas. Uma parede invisível os cercava. O momento era para eles e somente deles.

A ordem dos blocos de músicas a serem tocadas pela orquestra foi trocada de modo que os convidados da única mesa de poucos lugares no salão já estivessem disponíveis para dançarem a *hoira* e serem erguidos na cadeira sob os aplausos dos demais participantes.

Tudo indicava uma reconciliação. Se a vida lhes roubara 30 anos de convivência e camaradagem, e não havia nada que pudesse ser feito para recuperá-los, ao menos o respeito e o carinho que aqueles heróis mereciam tinham sido resgatados.

Epílogo

Nada conseguiu tirar de Marml e Bentzion o amor e o entusiasmo de cada momento até o fim de suas vidas, mas isso não significa que não houve danos colaterais.

O primeiro a falecer foi Bentzion, meu pai, quando completaria 85 anos, mas não sem antes pedir e ganhar o que dizia ser o *Bar-Mitzvá* que nunca tivera. Quando estava chegando aos 83, explicou às filhas que, segundo o Rei David, a partir dos 70, o homem começava uma nova vida; donde, no ano 2000, meu pai faria 13 anos!

Todos foram pegos de surpresa quando, com muitas dores na barriga, pediu ao neto que o levasse à emergência do hospital ali perto, em Copacabana. Até aquela manhã, como em todo o tempo de casado, fez e serviu o café da manhã de sua Mandja. Faleceu em questão de dias.

Nunca saberemos o que sentia Miriam, minha mãe, nos funerais daquele que fora seu marido por quase 58 anos. Não chorou e ficou quase alheia durante a tradicional semana de rezas. Relutante, recebia abraços de familiares e conhecidos que vinham prestar as últimas homenagens a uma figura tão querida e dar-lhe os pêsames. Nunca escondeu seu ressentimento ao dizer mais de uma vez, sem a menor pieguice, que só mesmo o primeiro amor era o verdadeiro, e ela não fora o primeiro amor de Bentzion.

Os últimos anos de Leibl foram extremamente difíceis. Não havia mais arte ou música que o fizesse estar em paz. Nos momentos de lucidez, dava-se conta de sua agressividade ao cair nas sombras da senilidade e pedia que lhe abreviassem a vida. Dizia à filha que se os cães podiam morrer com dignidade, por que não ele?

Mas era para Marml a queixa maior: a de que fora Bentzion, e não ele, o seu grande amor.

A Mandja de Bentzion, Miriam (também chamada Maria ou Tereza), se não partiu com o chamado "beijo de D'us", ou seja, de forma natural durante a noite enquanto dormia, ao menos se foi sem sofrimento, sob o efeito de anestesia, pois se recusava a comer e definhava. A alternativa era uma gastrostomia. Na noite anterior, cercada por filhos e netos, perfeitamente lúcida, quando perguntada se queria viajar depois da cirurgia, disse que sim e, dadas as alternativas, escolheu Paris.

A última a partir foi Marml, Miriam, Mania Guitl em abril de 2016, igualmente lúcida e rodeada pelos filhos e netos. Poder-se-ia dizer que essa chama fulgurante de mulher não morreu, extinguiu-se lentamente à medida que não havia mais cera que a mantivesse acesa.

E Madureira quase chorou

Assim como muitas das estrelas extintas que ainda cintilam quando olhamos o céu, ela ainda ilumina os que tiveram o privilégio de conhecê-la. Este livro foi escrito com o objetivo de que futuras gerações recebam igualmente sua luz.

Post Scriptum

Nova York, 7 de Agosto de 2023.

Querido (Maurice) Simon Z"L

Se aprendi alguma coisa com sua partida, foi que há de se ter pressa de viver.

Talvez devesse ter prestado mais atenção às migalhas de pão deixadas ao longo da vida, pois estava tudo alinhavado para que o *E Madureira Quase Chorou* chegasse a um público maior pelas mãos da AzuCo. Dito com mais lirismo, próprio para uma autora, divago.

Veja, por exemplo, o *Yizkor – Memorial Szydlowiec –* em inglês, dado pelo meu pai há 35 anos, que nem sequer havia aberto. Esse livro, editado pelo seu Tio Yankl Silberman e outros abnegados e corajosos sobreviventes do Holocausto, entre eles, Elka, Marml e Leibl, me contou tudo que você não pôde e me guiou para que eu fosse atrás de outras fontes de informação.

Sem a sua irmã Charlotte, teria ficado no escuro em relação à vida de seus pais quando jovens e à das respectivas famílias. Ela foi incansável com todos os meus telefonemas, garimpou fotos quando estivemos juntas e, graças a ela, conheci o seu primo de mesmo nome, que mora, pasme, em Connecticut. Charlotte contou que seu pai um dia teve um Berger alemão. Gostou do nome "Hint"?

Minha irmã Esther, com sua prodigiosa memória, reviveu para mim o que foram os anos de convívio Silberman-Gutman no Rio de Janeiro, e seu marido, Izaquiel, que você também tanto admirava, transmitia o que um dia Bentzion contara a ele sobre a dureza de seus dias em Varsóvia.

Devo enorme gratidão ao Ernesto Zelazo, neto da "Tia Clara". A qualquer dia, a qualquer hora, minhas mensagens de WhatsApps eram respondidas. Foi o interlocutor enquanto sua mãe, Ita, já fragilizada, não podia falar ao telefone ou quando a memória já não era confiável. Aliás, preciso devolver seu o *Memorial Szydlowiec* em iiídiche. Também foi ele que me sugeriu conversar com seu tio Saul (Szulim). Com ele aprendi o que era Marechal Hermes de então e sobre a Rua João Vicente 1551.

Regina (Morgenstern) Goldfarb sabia tudo do solteiro e do recém-casado Benjamin. Do alto de seus noventa e tantos anos, de uma clareza e inteligência invejáveis, me deu "aulas" sobre a vida dos jovens imigrantes no Rio de Janeiro.

E Madureira quase chorou

Fernando Goldfarb, seu filho, igualmente investido em pesquisa de família, na versão em iiídiche do Memorial, abriu uma fresta que se mostrou de enorme valor para que eu "viajasse" no assunto Bund, meu pai, e mais! Foi ele que me ofereceu a foto da viagem de seus avós, inspiradora do *subplot* de uma Marml viva em Paris.

Outra perspectiva de suma importância me foi aberta por Vítor Chomentowski, atual presidente da Sociedade Szydlowiec de Paris, pois, ainda menino, conhecera "Fete Yuma" quando ele era o presidente da Sociedade e, mais do que ninguém, conhecia a história dos sobreviventes que chegaram a Paris. Sua indicação de que procurasse por Patrick Atlas se mostrou preciosa, pois me levou aos registros civis da Polônia do início do século XX.

Graças a esses registros e aos hoje corriqueiros exames de DNA, um belo dia meu filho recebeu insistentes mensagens de uma certa Regina Jaffe cujo DNA demonstrava parentesco próximo ao dele. Dizia ela que estava em busca de uma Elizabeth Gutman, sua bisavó. Pois bem: essa bisavó fora casada com um Mauricy Tenembaum. Ora, judeu polonês nenhum se chama Elizabeth ou Mauricy. Estávamos falando de Mindla e Moshe. Ela vinha a ser uma tia de meu pai por parte de pai e ele, um tio por parte de mãe. O avô de Regina vinha a ser Szmuel (Stanley) Tenembaum, e eu estava presente no casamento dos pais de Regina.

Acredito que tenha conhecido Luzeh (Luiz) Rojtman. Bati um enorme papo com a sua ex-mulher Regina Coutinho, que me explicou o desencontro da Estação da Luz e o reencontro dos amigos anos depois, a partir do qual não mais se separaram, ainda que um morasse em São Paulo e o outro, no Rio.

Jorge Josef e Rosine Josef Perelberg, pai e filha, me forneceram de forma distinta dois filões inestimáveis: um com horas e horas de conversa por Zoom, afinal estávamos em plena pandemia. Rosine em Londres, Jorge no Rio. Aos 11 anos deixara Varsóvia; aos 15, tornou-se um "maqui". Rosine, já há alguns anos, me presenteara com o magnífico *East West Street*, de Philippe Sands.

Assim como a casa de seus pais, a nossa não era religiosa. Mas uma *Torah* originária de Szydlowiec vir parar em Greenwich e ser assunto dos jornais locais me parece "coisa do destino"!

Como não ressaltar a capa do livro, uma verdadeira obra de arte criada pela Rosane B. Hirszman? Só alguém muito próxima do coração e do enredo poderia tê-la executado tão lindamente.

O Gustavo Barbosa deixou sua marca ao ser o primeiro a dar forma ao manuscrito.

Mas antes mesmo que uma única linha fosse para o papel, por assim dizer, Rogério Lima Costa Pereira foi a campo para uma operação pente fino nos arquivos de jornais e revistas entre os anos de 1939 e 1949. E qual não foi a minha surpresa ao tomar a iniciativa de apresentar o livro à AzuCo, onde os incansáveis Fernando Dourado Filho, Karen Szwarc e equipe deram bem mais do que o polimento necessário para que o livro transpusesse os muros da família, amigos e colaboradores! Incluo você ao dizer que somos gratos além do que conseguimos colocar em palavras.

Preciso contar que, uma vez pronta a pesquisa e a história alinhavada, pensei em contratar uma excelente escritora para concretizar o projeto, quando meu marido, com muito pouca cerimônia disse: "Você é quem vai escrever".

Agradeço a ele por ter me levado a enfrentar o que, como os meus três filhos, foi uma das mais fantásticas, ricas e significativas jornadas da minha vida.

Se algum dia nos encontrarmos no "sempre", diga se cumpri o que me pediu, e agradecerei a você pela honra e pelo privilégio.

Betty Gutman Steinberg, "Di Wasse Katz".

Personagens

Bentzion (Benjamin) GUTMAN.

Avó: Esther.

Mãe: Bajla Tenembaum.

Irmãos da Bajla / tios de Bentzion: Clara (casada com Boris/Boruch Majowka, Rio),

Yuma, Moishe, Szymon e Dawid.

Meios-irmãos de Bentzion: Asher, Yossel, Abrahão, Shimon e Shyfra.

Primos: Simon (cuja filha foi entregue a uma cristã, que sobreviveu e passou a ser chamada Jolla; os pais morreram em Treblinka). Schmuel (Stanley) e Rachela, filhos de Moishe. Ruska, filha de Dawid. Ita e Szulim (Saul), filhos de Clara e Boris.

Leibl (Leon) SILBERMAN.

Pais: Esther (mesmo nome da avó de Bentzion) e Schmulik (falecido).

Irmãos: Yankl (Jacob, casa-se com Elka – nome carinhoso: Elke – Goldberg) e Malka (Malke).

Cão: Hint (raça Berger).

Marml (Miriam Mania BROMAN).

Pais: Herschel e Scheindl.

Irmãos: Zalman, Guítale (Guitl, Mania Guitla).

Primas não são mencionadas pelos nomes.

Filhos de Leibl e Marml: Charlotte e Maurice Simon.

Miriam (Mandja).
Pais: Jacob e Regina (Fayga Ryfka) Flamembaum.
Filhos de Bentzion e Miriam: Esther, Ana, Bayla e Maurício.

Boris MAJOWKA e Clara (tios de Bentzion).
Filhos: Ita e Saul e Ester (Szulim).
Irmãos de Clara: Moishe, Dawid (casa-se com Etla, irmã de Boris).
Irmãos de Boris: Butsh, Etla.
Filhos de Dawid e Etla: Szmuel e Ruska (Rajzel, Rosa).

Outros personagens:
Alfaiates: Nathan e David.
Luzeh (Luiz) Rojtman (amigo de Bentzion), que morou em São Paulo.
Zelda (casamenteira de Szydlowiec).
Etl (casamenteira no Rio de Janeiro).
Rachmil (Ramon) e Henrique – primeiros amigos de Bentzion no Rio.
Huna (Henrique), casado com Thereza.
Mendl (vigia da sinagoga).
Simchele (cocheiro) – não foi dado um nome a dois outros cocheiros.
Chulem Buscovitch (morava perto da sinagoga).
Handl (vizinha que deixou três filhos sob a guarda de uma amiga e cliente).

Pinhe Morgenstern e Channah (lê-se Rrana) Hindl. Filhas: Regina e Raquel (Esther).
Schloime, o trapalhão.
Leon Buchholz (recebeu Leibl e Marml ao chegarem em Paris). Esposa: Rita. Filha: Ruth.

Glossário

Balegole – cocheiro
Bar-Mitzvá – maioridade religiosa masculina
Beshert – esposo predestinado
Brider – irmão
Brit milá – cerimônia de circuncisão
Cantors – cantores litúrgicos
Chalá – pão em forma de trança
Chassídicos – devotos judeus místicos
Chazan – cantor litúrgico
Cheder – lugar onde as crianças recebiam instrução básica
Chilovtses – nascidos em Szydlowiec
Cholent – guisado
Clienteltchik – prestamista
Curves – vagabundas
Daieinu – seria o bastante, teria sido suficiente
Docter – doutor
Erev Tish'á B'Av – véspera do dia nacional de luto pela destruição dos dois templos de Jerusalém
Fete – tio
Galitziane – Da Galícia
Greenes – recém–imigrados

Guefilte fish – almôndegas de peixe
Guehenem – inferno
Guemilut Hessed Farain – Sociedade de empréstimos mútuos
G'virim – ricos
Hashem – D'us
Hoira – dança coletiva em círculos tipicamente judaica
Holodomor – genocídio de milhões de ucranianos, vitimados pela fome em razão da política econômica de Stalin entre 1931 e 1933
Humentashen – pastéis em forma de triângulo comidos em Purim
Idn – judeus
Ieshivá – escola religiosa
Ishuv – comunidade
Iuch – caldo de galinha
Judenradt – Conselho de Judeus
Kadish – oração pelos mortos
Kapos – mau caráter; denominação dos homens de confiança da SS nos campos de concentração
Kasha – prato de cereais cozidos
Kosher ou kasher – todo alimento que é adequado para o consumo por judeus
Kytl – beca branca vestida pelo noivo ortodoxo
Lager – campo de concentração
Lantzman – patrícios
Málines – framboesas, mirtilos
Mame – mãe
Mamelushen – língua materna
Matze balls – bolinhos feitos de uma mistura de farinha de *matzá*, ovos batidos, água e gordura
Meidale – moça, garota

E Madureira quase chorou

Mezuzá símbolo – colocado na batente das portas que identifica os lares judaicos

Mikvah ou Mikveh – banho ritual de imersão

Mime – tia

Minian – quórum obrigatório de dez homens para a reza

Minoudière – pequena bolsa sem alças

Mufti – doutor da lei islâmica

Narrishkeit – baboseira

Parnusse – renda suficiente

Partisans – membros da Resistência

Peckele – pacote

Pédé – homossexual

Pessach – Páscoa judaica

Pogroms – ataques violentos contra os judeus

Poilishes – polonesas

Potz – idiota

Di roiter – o ruivo

Roites – vermelhos; admite-se também comunistas, pessoas de esquerda

Rosh Hashaná – ano novo judaico

Schlomiel – joão-ninguém

Schmok – bobo

Schnaps – tipo de bebida alcoólica destilada

Shtetl – pequena cidade judaica

Shul – sinagoga

Schvester – irmã

Schvuger – cunhado

Seder – jantar cerimonial judaico em que se reconstitui a história do Êxodo e a libertação do povo de Israel

Shabes – *Shabat*, Dia do Descanso

Shames – vigia cuidador

Shadchente – casamenteira

Shemá – primeira conexão do judeu com seu único *D'us*

Shiduch – casamento arranjado

Shoá – Holocausto

Shoichet – açougueiro

Shtibl – lugar onde as crianças recebiam instrução básica

Sucá – cabana, o tabernáculo

Taiere – caros, prezados

Talitot – xales de reza

Tefilin – filactérios

Tekiah, Shevarim e Teruá – o Shofar emite três sons característicos: Tekiá — um som contínuo, como um longo suspiro; Shevarim — três sons interrompidos, como soluços; Teruá — nove ou mais sons curtíssimos como suspiros entrecortados em prantos

Torá ou Torah – livro que contém os textos sagrados judaicos

Tzedaká – justiça social, donativo para caridade

Vi a loch un kopp – como um buraco na cabeça

Wasse Katz – gato branco

Yadges – framboesas, mirtilos

Yom Kipur – Dia do Perdão

Yizkor – reza dos enlutados executado no judaísmo

Zlotys – moeda polonesa